Gerd Spiekermann

Achter mien Döör

Hintersinnige, erotische
und ganz alltägliche Geschichten

Quickborn-Verlag

Alle Rechte, insbesondere der Vervielfältigung,
der Übersetzung, der Dramatisierung, der Verfilmung,
der Tonträgeraufnahme, des Rundfunks, des Fernsehens
und des Vortrages, auch auszugsweise, vorbehalten.

Die vorliegenden Geschichten wurden aus den vergriffenen Büchern
Mien halve Fro, Kiek mol'n beten to und *Ick pack ut*
zusammengestellt.

Die plattdeutsche Schreibweise
wurde für diese Ausgabe vom Autor vereinheitlicht.

ISBN 3-87651-224-7

© Copyright 2000 by Quickborn-Verlag, Hamburg
Umschlagabbildung: Christel Hudemann, Hamburg
Gesamtherstellung: Clausen & Bosse GmbH, Leck
Der Umwelt zuliebe
auf chlorfrei gebleichtem Papier gedruckt
und nicht eingeschweißt
Printed in Germany

Inhalt

Mien halve Fro

De Stofffegerschen 9
Gernot Coors ward 75 12
Us lüttje Oma 19
As dat Huus in de Grund versunk 23
De lange Weg 30
Achter mien Döör 33
Mien halve Fro 39
Ole Frünnen 44
Wenn de Müürlü kaamt 49

Kiek mol'n beten to

Fa 59
Scharpe Tähnen 62
Hoor 64
De Röök 67
De Tung 71
Muschi 74
Eine Nacht voller Seligkeit 76

The purple rose of Abaton 80
Achterher 88

Ick pack ut

Tant Olga mit dat Taschendook 93
Ökelnomens 96
De eerste Leev 99
Ernst und Frohsinn 102
»… eine unerbittliche Waage« 105
Magda 108
I can't get no satisfaction 111
Kurzzeitgedächtnis 114
Ick pack ut 116
Schohinkopen mit de Göörn 119
As de Neger keem 122
Sterberate 125
Tant Frieda 130

Mien halve Fro

De Stofffegerschen

Wenn du bloot af un to mol dör us Dörp fohren deist, denn kriggst du ehr nich to sehn. Ook wenn du alleen för'n poor Doog up Besöök bi de Verwandtschup büst, ook denn warst du ehr kuum gewohr.

Man se sünd doch dor, de beiden Froonslü, de vörn Huus up ehr'n Bessen stoht. Se mööt't sick von dat vele Fegen verholen. Dat gifft nix wat gräsiger is för ehr as de Stoff von de annern Lü. De Reinlichkeit is ehr een un ehr all. Nix loot't se dörgohn, un Stoff findt se överall. Dor kann een noch so goot fegen un feudeln un schüürn un wischen, se spöört doch noch wat up. Ehr Wark is stuur, denn överall mööt't se fegen, all Hüüs von us Dörp döör.

So sünd se 's morgens al fröh up de Benen. Huus bi Huus mööt't se reinmoken, dör all Fluren un Komern, unner Schappen un Betten. Dor kummt wat Stoff tohoop. Ehr Hannen stoht nich still, un ehr Bessen geiht bit in de büterste Eck von't Huus. Up Kneen, wenn't ween mööt, snuuvt se achter Delen un

Brööd. Un mag de Stoff sick ook noch so goot versteken, se findt em doch.

Un denn geiht een Smüüstern över ehr Gesicht.
– Us narrst du nich! Wi kriegt di tofaten!
Un vör luter Freud riet't se denn dat Finster open:
– Schiet! Allens Schiet hier in't Huus!

Un de Huusfro ward denn for Gewalt an't Finster reten, un alle Welt weet, wen't nu dropen hett. De Lü up de Stroot blievt denn stohn un kiekt to de fliedigen Froonslü, de luuthals ehr Victoria rutbölkt.

– Ja, seggt denn jedeneen sick, nu hefft se al wedder een slurig Minsch to foten kregen. Bi de gifft mi dat ook kien Wunner, dat heff ick mi dacht.

Un denn geiht dat wieder, een anner Wahnung döör, un noch een un noch een. Alltiet findt se wedder wat. De Lü hoolt ja nich up Reinlichkeit, loot't allens verkomen, un de fliedigen Froonslü mööt't dat denn wedder up Schick bringen. Un dor verstoht se sick up. Över nix köönt se wegkieken, kien smerig Finster, kien schetterig Trepp, kien Stoffkoorn up't Schapp.s

's Ovends stoht se denn wedder bi sick vor de Döör un stütt't sick up den Bessen.
– 'n Sturen Dag weer 't vondogen.
– Ja, dat weer stuur.
– Wat de Lü slurig sund.
– Ja, dat segg man, wo't angohn kann.

Man ehr Wark is noch nich doon. Nu mööt't se rüsten för de Nacht. Wenn 't leue* Volk slöppt, denn hefft se noch lang kien Roh. Mit den Wind suust se döör de Stroten, achter Hüüs langs un unner de Finster. Wo foken steiht dor een Döör up'n Gluup, is een Boberfinster openbleven. Denn breedt se ehr Schort ut, wor se all den Stoff in verwohrt, den se överdag tohoopuult hefft. Den stuuvt se denn döör Finster un Dören, bi'n Süll döör un, wenn't wesen mööt, ook döör den Schosteen.

Dat gifft wedder Wark for den annern Dag.

Hest du ehr noch nich sehn, us fliedige Froonslü? Bi us up't Dörp kennt ehr all. Wullt du ehr is kennenlehren? Denn koom bi us wohnen, man wohr di, se feegt ook bi di.

---

* faul

Gernot Coors ward 75

Wenn een 75 Johr oolt ward, mööt dor wat von mookt weern. Dat is klor. Un Gernot Coors wurd 75. Un dor wurd wat von mookt. Sien Fro Ella, de nu al siet över 50 Johr mit em dörholen harr, wuß nich so recht. Man de Novers geven dat nich över.

75 Johr, säen se, wo oolt schall he denn noch weern? Wees doch tofreden, dat du so'n stillen un genöögsomen Mann funnen hest. Dat mööt doch fiert weern, ook wenn Gernot dor nich mehr so veel von hett.

Ja, dat weer ook Ella ehr Gedanke: Gernot kummt dor amenn gor nich mehr so recht achter, worum nu upmol all de velen Lü in't Huus koomt. He ward amenn noch bang un fangt an to wenen. Un so ganz Unrecht harr se dor nich mit. Gernot weer al siet goot teihn Jahr aftreden, he harr no un no uphöört to frogen, weer ganz still wurrn un keek bloot noch vör sick hen. Alleen af un to, wenn em dat so överkeem, un dat harr tomeist nix to doon mit dat, wat dor um em to passeer, sä he luut un düütlich: Fein!

Oder, un ook dor weer kien Grund for uttomoken, stund he tomol up, geev een de Hand, un dat kunn ook Ella, sien Fro, ween un sä: Moin!

Un denn sett he sick wedder dool un sweeg as wollehr.

An sien Ehrendag keem he in't grode Stuvensofa to sitten, dat he jedeneen sehn kunn, de in de Stuuv keem. So gegen Klock dree, as dat bewennt is, kemen se denn anruckt.

Dor weer eerstmool Karl von Minden, de ut'n Krieg 'n Klumpfoot nobeholen harr un den se von Hinken-Karl nömen. Bi em weer sien Fro Greet, de alltiet no Cugnac verlangen dee un denn foors 'n gräsigen Hickup kreeg. Tomeist wurd se den den Ovend over nich mehr loos.

Un denn keem Adolf Janssen, den sien Fro sick for goot twintig Johr dat Leven nohmen harr un de nu mit Gerda Bargmann tohoopleev, de 'n Glasoog harr, man up Düvel-koom-rut dor nich över snacken wull, wo se dor bi komen weer. De Lü säen, dat harr de Fro von een Buur ehr utsteken, bi den se as Moogd ween weer un de de beiden in't Heu överrascht harr. So vertellt de Lü tominst.

'n Ogenblick loter kemen denn noch Ottilie un Meta, twee Süstern, de, nodat Ottilie ehr Mann sick dootsopen harr, tohooptrocken weern. Ottilie weer al halv doov, dat se von't Gespreck man dat Halve mitkreeg. Man wenn dor över Lü, Mannslü snackt wurd, de se kennen dee, sä se tomeist: Oh, de soop so gräsig.

Meta, ehr Suster, is nich verheiroodt ween, wat woll dor an leeg, dat se so gräsig stunk. Se kunn dor nix for, dat keem von ehr Drüsen, de ehr alltiet so to'n Sweten brochen. Adolf Janssen harr no den Dood von sien Fro ja eerst 'n Oog up ehr hadd, man as he dor achter keem, dat se so stunk, sünnerlich wenn se nookt weer, hett he denn wedder von ehr afloten un sick an Gerda Bargmann ranmookt, de ja bloot 'n Glasoog harr.

Lever 'n Glasoog as 'n Stinkdrüüs, schall he seggt hebben.

As de Sellschup sick nu hensett't harr, fung Ella an, den Koffie un de Sahnestücken uptofohrn. Gerda Bargmann, de mit dat Glasoog, boot sick as alltiet to'n Helpen an. Twee Tassen kreeg se enigermoten inschunken, man al bi de drüdde spöör Karl von Minden, de 'n Klumpfoot ut'n Krieg mitbrocht harr, wat von den heten Koffie up sien Büx un sprung vor Keelt* up. Man mit'n Klumpfoot is nich goot springen, un he keem in't Slingern, greep um sick to un kunn just noch den Stohl von sien Fro Greet to foten kriegen, de bold över Kopp gohn weer, wenn Greet, de noch kien Hickup harr, nich as 'n lüttjen Kind gillt harr un Adolf Janssen, den sien Fro sick ja vor twintig Johr dat Leven nohmen hett un de gegen Greet seet, nich gau upsprungen weer un Hinken-Karl …

– Moin! leet dor upmol Gernot sick vernehmen.

* Schmerz

He keek kort up, grien – un sunk denn wedder in sick tohoop.

Dat harr ja nu nochmol gootgohn un de Koffie mit de Sahnestucken kunnen in Roh wegneiht weern.

– Hefft ji al höört, froog nu Meta, de ehr Drüsen bi all dat Upregen al sinnig in'ne Gangen komen weern, dat Georg Wessels in't Krankenhuus komen is?

– Well is in't Krankenhuus komen? froog Ottilie, de ja halv doov weer un dor um de Hand neeschiereig an't Ohr lä.

– Georg Wessels!

– Oh, de soop so gräsig!

– Dat is gor nich wohr! wuß Adolf Janssen, den sien Fro sick vor twintig Johr dat Leben nohmen harr.

– De hett doch alltiet so dröög leevt.

Man ook Gerda Bargmann, Glasoog-Gerda, as se ook woll heten wurd, harr wat von Supen höört, man se harr dat bloot höört un wull nix naseggen, nohst heet dat denn noch, se harr wat seggt, un dat wull se nich.

Dor um wurd nu eerstmol sekerstellt, wo oolt den Georg Wessels weer. En Froog, de nich so licht to beantwoorden weer, wiel he, Wessels, al siet goot teihn Johr nich mehr up de Noverschup wohn. Man Meta, de normolerwies so gräsig stunk, wuß, dat ehr Cousine, egentlich weer dat nich ehr Cousine, de weer ja bloot anheiroodt, dat de mit Wessels tohoop konfirmeert wurden weer. So kemen se de Sook al nohder, man Meta, de ehr Drüsen von dat vele Nodenken wedder dat Warken kregen, keem, ohn dat se't wull, dor mit ehr Suster Ottilie in de Brass, wiel Ottilie, de ja nu mol nich so goot hören dee, verstohn harr, dat ehr Cousine wat mit Wessels hadd harr, wat se afstreet.

– Wo *oolt* Wessels is, willt wi weten! bolk Meta ehr in't Ohr un lehn sick dor bi to ehr röver, man Ottilie, wenn se ook nich goot höör, so kunn se doch noch goot rüken, week retour un vertoog de Nääs.

– Ick weet nich, wo oolt Wessels is.
– Un use Cousine?
– Mit Wessels hett de nix hadd.

Meta wull sick nu nich mehr upregen un wunk af.

– Wessels, keem Ottilie nu doch noch wedder an't Woort, de soop so gräsig.

Un dor bleev dat bi.

So as sick dat höört, kemen no den Koffie un de Sahnestücken de Cugnacglöös up den Disch, un Hinken-Karl sien Fro Greet, de ja foors 'n Hickup kreeg, putz fix een mit weg. Glasoog-Gerda, dat weer ehr so an, wull wedder helpen un goot den *düren* Cugnac, dat kunn Ella sick nich verkniepen, up de *neje* Dischdeek.

– Kiek doch hen, wo du den Schiet hengüttst! gung Hinken-Karl up ehr af.

– Dat mußt' ook man könen, gung nu ook Meta up Gerda af. Man de geev ehr dat foors retour:

– Höör du man up to stinken, ool Jalsch!

In dissen Fall stund Adolf Janssen, den sien Fro sick ja uphungen harr, sien Huushollersche mit bi.

Ella, geev mi is 'n Zigarr, dat wi 'n annern Röök in de Stuuv kriegt.

Dor weer ook Hinken-Karl för to hebben, un de Mannslü steken sick 'n grode swarde Zigarr an. Greet, de mit den Hickup, wull dor gegenan:

Loot't – dat – Smö-ken ...

Man denn keem ehr upmool de Hickup in de Mööt, un se muß hoosten, dat se blau anleep un Gerda-Glasoog upsprung un ehr, wat se kunn, up den Rügg klopp. Dat Helpen weer ehr ja so an. Man dat hulp nix. De Zigarr full dool up den Teppich, wat Ella sehn harr, de sick nu doolstorten dee, dor over bi in de Gloot greep, vor Keelt den Kopp hoochsmeet, an de Dischkant rook, upschree, man in den sulvigen Moment von unnern her in dat blauanlopen Gesicht von Greet kieken muß, de just dor bi weer, den Koffie, de Sahnestücken un den Cugnac ruttoworgen. Gau wull se bisiet springen, man se murk, dat se wen dor up den Foot bi petten dee. Doch dat weer bloot Hinken-Karl:

Mookt nix Ella, in den Klumpfoot spöör ick nix mehr.

In all dat Döör'nanner harr nüms sehn, dat Gernot den Kopp upbört harr un up sien Gesicht 'n Smüüstern to sehn weer.

– Fein!

Meta, de ehr Drüsen nu up Vulldamp lepen, weer dat nu all to veel.

Koom, Ottilie wi goht no Huus hen!

Nee, töövt doch noch even, reep Ella, as se ut de Stuuv leep un no 'n korten Ogenblick mit 'n Feudel un 'n Teller vull »Schnittchen« wedder rinkeem. Kiek, dat mööt doch noch upeten weern. Gerda mit dat Glasoog hulp, den Teppich wedder reintomoken un denn mussen doch de »Schnittchen« wegneiht weern. Dor wurd de Sellschup sinniger bi, un ook Meta ehr Drüsen kemen 'n beten to Roh.

De Mannslü steken sick noch 'n Zigarr an, un de Froonslü slepen all de schetterigen Tassen, Tellers un Glöös in de Köök.

Bi't Rutgohn kreeg Ella noch to höörn, dat't mool wedder so moi bi ehr ween weer un dat se sick ja soveel Möh geven harr. Bloot Karl von Minden, de ja ut'n Krieg 'n Klumpfoot mitbrocht harr, weer 'n beten besorgt:

– Weer dat nich 'n beten veel for Gernot?

– Nee, Karl, he hett doch tweemol wat seggt, un dat is 'n goot Teken. De mehrste Tiet, wenn dor nix passert, seggt he ook nix, man vondoog, meen ick, hett he sick rein 'n beten freut.

Un Karl keek noch even in de Stuuv. Dor seet Gernot un harr den Kopp upböört.

– Ja, ick gloov ook, he hett sick 'n beten freut.

Us lüttje Oma

Wenn ick an mien Kinnertiet denken do, denn koomt mien Gedanken foors up mien Oma. Dat weer man 'n lütt Minschenkind, nich veel gröter as ick mit tein – twölf Johr ween bün. Ick besinn mi noch as vondogen up den Dag, as se sestig wurd. Dor kemen all de Verwandten antoreisen, un dat gung dor hooch her domools. Unkel Jan, de arme Sloof, dat weer de öllere Broor von mien Oma, de keem sogor von't Rheinland her. He kunn den Sluck nich goot verdrägen un wurd dor denn alltiet so trorig von. Dat eenzige, wat he denn noch rutbroch, weer:

– Dat ick dat noch beleven drööv, dat ick dat noch beleven drööv!

De annern harrn ehr Last, em denn wedder 'n beten uptomuntern. Mien Vadder leet denn Oma to'n ick-weet-nich-woveelten Mol hoochleben.

– Oma! Wenn wi di nich harrn!

Un dor up hen kreih Tante Bertha ut de anner Eck:

– Denn weern wi vondoog seker nich hier!

Un denn verloor Unkel Jan for'n Ogenblick sien Trorigkeit, man as he dor denn ook wat to seggen wull, keem bloot sien:

– Dat ick dat noch beleven drööv!

Gott, wat hefft wi dor all över lacht, bold nich inkriegen kunnen wi us.

Bloot een von de vergnöögde Sellschup lach nich, un dat weer mien Oma. Se seet dor wat duuknackt in ehr Stuvensofa un keek sick dat Spillwark still mit an. Woso weer se nich vergnöögt? Dat weer doch ehr Dag, se weer doch de Hauptpersoon. Man se sweeg un seeg ut, as of se freren dee. Dor bi harrn de Sluck un de Zigarren so in de lüttje Stuuv inbött't, dat de annern al de Finster openreten harrn.

Vondogen ahn ick, wor se so still um weer.

Denn as disse Dag vorbi weer, gung dor wat Sunnerbors mit us Oma vör sick. Se wurd no un no lüttjer. Se schrumpel bi lüttjen tohoop. De Schorten un Kleder fungen an, up de Grund to sluren, de Schoh wurrn ehr to groot, un kien Hoot wull ehr mehr passen. Man dat weer nich so slimm, denn mien Suster, de ja twee Johr junger is as ick, schoot do just so recht up. Ut dat Tüüg, wor se rutwassen dee, dor wuß mien Oma do wedder rin un kunn dat fein updrägen. Up dit Rebett harrn wi so, Gottloff, kien Last von ehr. Vadder un Moder sproken dor ook över, of se nich is mit Oma na'n Doktor gohn schullen. Dat weer doch woll nich normol, wenn een Minsch so biklappen dee. Man Oma harr ja nu kien Keelt, se kloog nich un von

Doktors, dat wussen wi, dor holl se nich veel. Un so weer ook disse Sorg gau utstohn.

Us Oma gung nu von Moond to Moond mehr in sick tohoop. Bold weer se nich mehr veel grotter as so'n lüttje Popp, mit de mien Suster fröher speelt harr. Un so leev se mit us tohoop. Se weer so lütt, dat se us twuschen de Benen dörlopen kunn, un wi mussen us wohren, ehr nich umtorönnen oder ehr plattopetten.

Ick weet noch, wo wi ehr männichmol överall socht hefft, wenn wi ehr al siet Dogen nich mehr sehn harrn. Denn funnen wi ehr in 't Kökenschapp twuschen de Kookpotten, mol weer se in'n Keller ronnt un harr dor al Stünnen in'n Düüstern seten. Un eenmol harr mien Moder ehr in'n Köhlenkasten inspeert, ut Versehn versteiht sick, man dat weer in'n Augustmoond un dor ward ja nich bott't. Oma keek teemlich benaut, as se dor no goot annerthalf Dag wedder ruutkeem.

Wat so ole Lü all anstellt!

Un denn keem de Dag, wor us Oma von us gung. Ook dat weer wedder so'n mallen Tofall. Von de Gemeende ut wurd mol wedder dat Speergoot afhoolt, un ick weet vondogen noch nich, wo se twuschen all de Kartons, de tweien Stöhl, kort: twuschen all dat, wat wi nich mehr bruken kunnen un wat doch bloot in'n Weg stund, wo se dor twuschen rookt is. Wi hefft dat eerst 'n poor Dag loter markt. Wat hefft wi socht in't Huus, ünner Disch un Stöhl, in Schappen un Korven, ook achter dat grode Chaiselongue hefft wi keken, un Vadder is sogor noch wedder in'n Keller ween. Narrns weer se to finnen. Un do wurd us klor, se kunn bloot mit dat Speergoot von't letzte Quartol weggohn ween.

Un so wurd dat Söken instellt. Dat weer ja nu klor, wor se afbleven weer.

Versteiht sick, dat wi dor ook över snackt hefft, of wi up den Schuttplatz noch is nokieken schullen. Man dat muchen wi denn doch nich doon. Amenn harr Oma dat ja sulvst so wullt, un ehr weer dat seker gor nich recht, dat wi do so'n Upstand um moken deen.

Un den letzten Willen von sien egen Oma, den mööt een ja woll achten.

Ook, wenn't man 'n lüttje Oma is.

As dat Huus in de Grund versunk

Ick weer just in'n Keller un harr egentlich nix to doon. Kann ween, ick wull mi just 'n Buddel Beer holen oder sowat. Upmol gung dor een Rucken dör dat Huus, as wenn dor een Fleger dör de Schallmüür broken weer. Bloot twee-dreimol duller, as wenn dor 'n Bombe hoochgeiht. De Footbodden beev reinweg, un ick weer bold henfullen. Harr ick 'n Beerbuddel tofoten hadd, denn weer ick seker lang hensloon. Man so harr ick Glück un kunn mi fastholen.

As ick mi nu so'n beten wedder sammelt harr, gung ick na buten. Dor weer nix to sehn. Mien Nover stund in'n Goorn to kleihn, un de Kinner speelen Football up de Stroot. De keken nich mol up. Man do seeg ick wat Sunnerboors: dat Kellerfinster weer an de Unnerkant goot 'n Handbreet mit Eer bedeckt. Mall, dach ick. Dat mööt ja 'n verdammt groden Fleger ween hebben, de een Huus so dörschuddeln kann, dat de Eer hoochkummt. Oder weer dat doch 'n Bombe ween, oder harr dat gor beevt? De Eer? – Kann nich! Nich bi us! Sowat hett dat bi us noch nienich geven un ward dat ook nich geven.

Kort: ick harr for all dat kien Verkloorn. As ick mi de Sook wat neger bekeek, begreep ick: dat Huus weer afsackt. Dorum hefft de annern nix markt. Nu wuß ick dat. So bi 20 cm mussen dat ween, ca. de Hööchde von veer Klinkerstenen. Un wo fein liek dat afsackt weer. Rund um't Huus to dat sulvige Moot: 4 Stenen. Ick wull 't over nu doch akroot weten un hool den Tollstock ut'n Keller. Jawoll: 22,7 cm. De Fogen mitrekent. Mootarbeit!

Bloot bi de Huusdöör seeg dat mall ut. Dat Florenpadd von de Döör no de Stroot to weer nich mit afsackt, un dor geev dat nu 'n Vörsprung. Wenn Helga nu ut de Döör keem un sloog dor nich up to, de kunn ja slimm henfallen. Wohrschau! dach ick. Dor muß du bi. So kann dat nich blieven.

Foors den annern Dag wull ick dat angahn.

Ick weer just in de Köök un harr wat bi'n Heerd to doon. Sowat weer't ja woll. Tomindst harr ick just 'n Ei ut 't Köhlschapp hoolt, as dor mitmool een Bevern döör't Huus gung, dat mi bold de Benen wegreten harr. Dat Ei floog in 'n hogen Bogen dör de Köök, un ick greep um mi to, een Hoolfast to griepen. Gott, wat heff ick mi verjoogt! Goot teihn Minuten heff ick bruckt, ehder ick dat Ei wedder funnen harr. Stell di vor, dat is achter den Mullemmer doolgohn. Dor mußt' ook eerstmol up komen.

Man dit Rucken, dit Bevern, wat weer dat? Ick keek scho no buten. Nix to sehn. De Kinner mit ehrn Ball spelen as wollehr, un ook Nover Coors weer noch alltiet in sienen Goorn togang. De harrn ja schien's nix höört, anners weern de je woll anlopen komen. Just Coors, de lett so licht kien Gelegenheit ut, von sien Goornarbeit wegtokamen. Man nu röögt he sick nich von de Stee. Harr ick denn dröömt? Heh wat! An 'n hellichten Dag dröömst du doch nich. Man wenn de annern dat Bevern nich markt hefft, denn mööt dat ja doch woll an di legen hebben, dach ick. Sowat gifft't.

Ick wull nohst Gunter frogen, of de ook wat höört harr, man do fullt mi in, dat ick ja noch no'n Koopmann wull. 'n Beten Upsnitt muß dor ja noch her för't Ovendbroot. Bi de Gelegenheit wull ick denn ook buten 'n beten um mi to kieken, of dat mit dat Bevern nu wat von Betant* weer oder nich.

As ick ut de Döör gohn wull, dor passeer't. Bold lang hensloon weer ick, wenn ick nich so uppaßt harr. De Floren legen ja veel höger as anners! So, as wenn se in'n Winter upfroren weern, so seeg dat ut. Bloot veel höger noch. Wo kann denn nu sowat angohn? froog ick mi argerlich. Harr de Eer nu doch bevert? Angohn kann woll allens, ook Soken, de een sick nich verkloorn kann.

Gott, de Floren! Door muß een ja rein över wegstiegen, wenn een no buten wull. Nee, dor mööt Gun-

---

* Wichtigkeit

ter over foors bi, dach ick noch so bi mi. Man denn seeg ick wat veel Slimmers. De Blomenbetten, de ick an beide Sieden von de Huusdöör anleggt harr, de weern all upwöhlt. An de Huusmüür weern de Blomen reinweg rutreten, un de Wuddeln keken no boben. Man dat kunn ja bloot dat Ene heten: ... dat Huus weer ... dat weer ... afsackt. Ick keek no links un no rechts: de ganze Huusmüür langs dat sulvige Bild. Upwöhlte Grund un Blomen mit de Wuddeln no boben. Ook de japoonsche Kirschenboom, de lüttje Struuk.

Wat weer dat for'n Arger.

Dor muß du foors den annern Dag bi, nehm ick mi vor. Dat kunn ja so nich blieven. Wat seeg dat ut!

'n Beten Umstand is dat doch, dör 't Dackfinster no buten to krupen. Dor um loot ick dat. 'k heff hier in't Huus ook so genoog to doon. Nu, wo dat Grundwater al de ganze unnere Etoge vullspöölt hett, ward dat doch wat eng hier boben. Wat noch an Rüümte dor is, dat mööt akroot utmeten un indeelt weern. Anners is dor kien Dörkomen mehr bi all dat Möbelmang, dat nu hier boben steiht. Dor is eerstmol de Köök, ohn de een recht Huushooln as de von Helga nu ja mol nich goot to kann. So is al een Druddel von den Platz hier baben weg. Dat grode Chaiselongue heff ick unner de Pannen in de Eck schoven, dat Buffet liek dor vor. Anners geiht dat nich. Ick heff dat utmeten. Man wat mook ick mit dat grode Schapp ut de Sloopstuuv, wor bliev ick dor bloot mit? Dat mööt ick noch is bedenken.

Goot is, dat dat Huus nich mehr so mit dit gräsige Rucken un Bevern afsacken deit. Dat hett mi de eerste Tiet foken ut 'n Sloop reten. Nu geiht dat sinnig un gliekmotig dool. Knapp to spöörn is dat man. So as de Wiesers von een Klock geiht dat: suutje, man doch. Een süht nich, wo se wiedergaht, doch een weet't, se doot't. So is dat nu mit us Huus ook. Ick reken, so wat bi 10 cm up'n Dag mookt dat ut. An'n eenfachsten is dat an den Grundwoterstand in de Stuuv to sehn. Dat Woter stiggt genau um een Muster up de Tapeet. So versuppt jeden Dag een Roos in de Stuuv, un dat sund 10,2 cm, wenn ick nich verkehrt meten heff.

Egentlich is dat schood, denn de Blomentapeet heff ick eerst vergohn Johr dor anbackt. De harr doch deegs noch 'n Johr of annerthalf sitten kunnt.

Kannst' nix bi moken.

Nu bün ick al siet 'n poor Weken nich mehr to'n Inkopen ween. De Umstänn loot't dat eenfach nich mehr to. Man goot, dat ick for Noottieden vorsorgt heff. De velen Dösen un de Glöös, över de se all bloot lacht hefft, de koomt us nu goot topaß. Kiek, is doch recht ween.

Dat Huus bringt mi upstunns mehr Arbeit, as ick an een Dag berieten kann. Ick krieg man just noch dat Groffste doon. Dor blifft soveel liggen, wat mol wedder an de Tour weer. Dat grode Chaiselongue to'n Bispill. Dat is ja 'n Monstrum von Ding. De Betog is ja egentlich noch recht goot, bloot dat Fahrtüüg muß mol wedder no buten un rejell kloppt weern. Man nu heff ick Last, dat ick dor averhoop an to koom, nu wo Gunter dat in de Eck unner de Pannen schoven hett. Dat stufft dor mehr un mehr vull, un dat is 't all. Schood, dat nu unnen in de Wohnung all dat Grundwoter steiht, ick harr dat würkelk geern mol wedder no buten hadd. Dat Buffet is ja 'n beten loot noboben komen. De unnerste Deel is von dat Water teemlich plackerig wurden. Wat heff ick dor al an schüürt un doon. De Placken blievt. Un dat bloot, wiel Gunter nich glieks up dat Grundwater tosloon hett. Loot 't man stohn bit morgen, hett he seggt. Tja, dat weer verkehrt. Nu heff ick den Schiet.

Nu steiht dat Woter an de Böhnluuk, un denn ward dat bold hier boben noch beknepener as nu al. Mit den Stohl up den Disch kann ick mi seker no boben unner de Oken henhangeln. Dat sund seker sowat bi 3,20 m. 3 Meter 20 döör 10, dat mookt genau 32. Dat heet: wenn dat Woter wiederhen jeden Dag um 10 cm stiegen deit, denn duurt dat noch 32 Doog bit dat't unnern Gevel is. 32 Doog, dat is mehr as een Moond. Dat is ja 'n halve Ewigkeit. Helga seggt dat ook. Ick weet gor nich, worum ick mi dor nu al over hebben schall. Aftöven, segg ick. Noch is dat nich sowiet. Dor schall sick woll 'n Weg bi finnen laten.

Von't Chaiselongue ut kann ick seker mit Lichtigkeit up dat Klederschapp stiegen. Wenn ick de Schoh uttreck, mookt dat nix. Un ganz sowiet is dat ja ook noch nich. Gunter seggt dat ook. Recht hett he. Een schall nich in'n vorn al de Peer wild moken. Loot dat Woter man komen, ick bün nich bang. Dat hett nu so lang gootgohn, wor um schull dat just nu upmol anners weern.

Dat seh ick gor nich in.

De lange Weg

Lang heff ick dacht, dat weer 'n Versehn oder ick weer an't Drömen. Man dat stimmt, dor geiht kien Weg bi hen.

's Ovends, wenn de Arbeit doon is, stieg ick mit Fritz un Beernd bi Jan Oltjen sienen Kroog ut'n Bus. Wi goht denn tohoop de sulvige Stroot hendol. Fritz, de hett ja bloot 'n korten Weg. De is bold tohuus. Beernd geiht noch 'n Stuck wieder mit mi. Sien Huus steiht up de rechte Siet, un meisttiets is sien Fro mit de beiden Kinner al an de Döör. Dor vergeiht bold kien Dag, wo de nich up em töövt.

Ick mööt denn noch 'n poor Minuten wieder gohn. Alleen. De Stroot mookt denn so 'n lüttjen Dreih, un dor steiht mien Huus. Wenn dat 's ovends al düüster is, denn hett mien Fro de Lamp an de Goornpoort al anmookt.

– Dat du goot no Huus hen findst, seggt se.

So hett dat veel Johren dör gohn, Dag for Dag. In'n Sloop kunn ick den Weg gohn, gloov ick.

Un nu – siet 'n poor Weken of Moonden –, is dat

upmol nich mehr so. As ick al sä, eerst gloov ick an een Versehn of sowat. Man dat is kien Versehn. Dat steiht fest: Dag for Dag koom ick loter an't Huus. Nee, ick goh nich sinniger as anners, ook mit Fritz un Beernd stoh ick nich länger as anners to snacken. De willt doch ook gau no Huus. For all dat, wat ick beleev, dor gifft dat bloot een Verkloorn: de Weg no mien Huus to ward Dag for Dag länger.

Normolerwies koom ick so gegen Klock halv söß no Huus. Amenn ook mol viddel vor. Man denn wurd dat söß, teihn no, halv seven un seven.

Mien Fro weer dat ja nu gor nich recht, dat ick so loot keem. Dat kann ick verstohn. Wi hefft een lüttje Dochder tohoop, un de hett ja woll een Recht, ehrn Vadder nich bloot an't Wekenend to sehn. Vergohn Moond weer dat so, dat ick ehr noch just to Bett bringen kunn. Man so'n Deern mööt ja veel Sloop hebben, un dorum gung dat, wo loter ick keem, ook al bold nich mehr. De eersten Dag heff ick dor fix Arger mit mien Fro um hadd, man dat hett sick geven, alleen al dorum, wiel mien Fro meist al lang sleep, wenn ick keem. Un bloot to'n Strieden wull ick ehr ja ook nich upwoken.

Ick weet gor nich, wo dat all angohn kann. Wenn ick mit Fritz un Beernd an Oltjen sien Kroog vorbi bün, ehr tschüs seggt hefft, denn is mien Huus noch mielenwiet weg. So von Feern kann ick den Dreih von de Stroot noch just wohren, wenn ick de Ogen tohoopkniepen un plieren do. Dat Licht von de Lamp an de Goornpoort kummt ook bloot noch so even anschemern. Dor stüür ick denn up to. Dat letztemol bün ick vor twee Weken tohuus anlangt. Doch dat weer al kort no Middernacht. Dor hebb ick foors kehrt mookt.

Vondogen koom ick nich mol mehr so wiet. De Weg is to lang, un ick mööt foken stillholen un mi verpuusten. Un wenn ick denn kiek, of ick al wat nohder an dat Licht von mien Huus komen bün, denn is mi, as of dat noch wieder weg is as vordem. Mi dunkt, dat drifft so no de Siet af, as wenn dat wegglieden deit, so lett dat.

Bün ick denn de verkehrde Straat inlopen? Man dat gifft doch bloot de ene, de an Oltjen sien Kroog vorbi no mien Huus to geiht. Un de bün ick doch dolgohn.

Doch mien Huus is to wiet von mi weg. Ick kann't nich mehr roken. Mien Fro un Dochder hefft seker kien Moot mehr un töven up mi. Amenn kennt se mi al lang nich mehr.

De hefft mi seker upgeven.

Achter mien Döör

Stop de wereld, ik wil er af.
Halte die Erde an, ich will absteigen.
Anja Meulenbelt

Wenn ick 's ovends no Huus koom, weet ick nich, wat achter mien Döör up mi luurt. Afgunstig kiek ick up mien Arbeitskollegen. De freut sick up Fierovend un weet't, Fro un Kinner sünd dor un töövt al. Ovendbroot gifft dat denn, nohst amenn 'n Spill mit de Kinner, een Beer of twee bi Radio un Feernsehn. Denn geiht't no Bett. Leevde – tweemol de Week. An'n Wekenenn eenmol mehr. Goot hefft socke Lü dat.

Wenn ick dat man ook so harr. Bi mi achter de Döör luurt bold jeden Ovend een anner Unglück up mi. So beleev ick overlangs, dat mien Wohnung vull mit frömde Lü is. Mien Fro hett 's nomiddoogs ehr Fründinnen ut de Noverschup inloodt, man de hefft denn foors all ehr Volk mitbrocht. De Lü stoht bit an de Döör un loot't mi nich rin. Ook an mien Fro koom ick nich to. De is denn meisttiets in de lüttje Köök inklemmt un kummt dor nich rut, wenn se ook woll will. Ick kann denn woll dusendmol seggen, dat hier weer mien Wohnung un hier harr ick dat Seggen. Doch de Lü hööt gor nich to. Se doot't, as of ick dor nich weer. Ick mööt denn de Nacht over buten blieven un in't Treppenhuus slopen. Klor, dat seht't de Novers, un denn heet dat wedder, ick harr sopen, un mien Fro hett mi nich rinloten wullt.

Wat schall ick dor up seggen? Mi glöövt ja doch nüms.

Den annern Dag kann 't denn al akroot dat Gegendeel wesen: mien Wohnung is totool utrüümt. Kien Schapp, kien Stohl, kien Disch, rein nix is dor mehr to finnen. As wenn dor nums wohnt, so lett dat. Gräsig. Jede Tree hallt dör all Komern un Stuven, un toletzt kummt dat as Maschinengewehrfüür up di retour. Meist duurt dat ook nich lang, un mien Fro un ick, wi koomt us denn in de Wöör. Ook 'n liese, vorsichtige Froog kummt as een Bolken von de nookten Müürn retour. Un wenn mien Fro denn mit ehr felle* Stimm losschreen deit, neih ick dor ut. Foken loop ick denn in de Badestuuv un sluut mi dor in. Se verkruppt sick in de Köök, de an't anner End von de Wohnung liggt. De Nacht over in so'n Badewann, dat is woll hart, man hest du dat twee- dreemool mitmookt, denn wähnst' di dor an.

Noch leper** is dat, wenn 's ovends de Finster un

---

* schrill ** schlimmer

Dören rutreten sünd. Dat hefft wi ook al hadd. Sünnerlich in 'n Winterdag is dat verdroten. Denn drifft de Snee dör de Wohnung, un wi weet't rein nich, wor wi us noch to'n slopen henleggen schööt. Mien Fro steiht denn in de büterste Eck un fluggt an't ganze Liev. Ick kann nix moken. Gegen iesige Kull kann 'n nich gegenan. Se is schuld, wenn us Wohnung kien Tohuus mehr is.

Amenn schull ick to us Novers gohn un frogen, of wi us bi ehr upwarmen köönt. Doch dat tro ick mi nich. De willt doch ook ehrn Fierovend hebben un sick nich mit us afeseln. Ick sulvst wurd mi ja ook bedanken, wenn dor upmol frömde Lü bi mi kemen un sick upwarmen wullen. So'n Volk smeet ick rut, mit socke Lü will ick nix to doon hebben. Jedereen mööt sülvst sehn, wo he klor kummt.

Wi hefft dor um ook versocht, us sulvst to helpen. Vergohn Johr sund wi dreemol umtrocken. Eerst hefft wi dat mit 'n Neebo probeert, denn mit 'n olen Kasten. Mol wohnen wi boben unner't Dack, mol Souterrrain. Alltiet un overall dat sülvige Spill. Een Ovend kien Finster un Dören, denn all Komern vull mit frömde Lü. Den annern Dag bloot noch den nookten Footbodden un dor up hen – dat weer woll dat Dullste, wat wi beleevt hefft –, dor fehlde in us Wohnung de ganze Footbodden. Dat weer di wat. Ick koom ohnweten no Huus, mook de Huusdöör open – un in'n letzten Moment kann ick mi noch so even up den Döörsull holen, anners weer ick bi de

Familie unner us up de Garderobe fullen. Wo dat utseeg! Von boven in een anner Wohnung rinkieken, un de Lü unner di, de markt dat nich mol! Ick seeg, wo de Fro just dat Ovendbroot in de Stuuv droog, as ick upmol mien Fro ropen höör. As de Footbodden sick uplöös, weer se just in de Stuuv bi de Blomen togang wesen. In'n letzten Ogenblick weer se up dat Finsterbrett sprungen, anners harr se nu woll bi Meyers, oder wo de Lü heet't, dor harr se woll up dat Stuvensofa legen. Man wo mien Fro mi dat nu al so toreep, dor murk ick, dat de Oolsche unner mi dat gor nich höör. Of denn von unnen ut bekeken de Deken nich weg weern? Of dat von ehr ut bekeken so as alltiet utseeg? Bilden wi us denn wat in? Ick gung up de Knee un probeer mit de Hand, of dor nu 'n Footbodden weer oder nich. Ohn Twiefel: de Footbodden weer weg. Wi harrn kien faste Grund mehr unner de Fööt. Ick muß wedder buten in't Treppenhuus slopen, muchen de Lü denken, wat se wullen.

Natüürlich gifft dat ook Doog, dor is us Wohnung so as de von anner Lü ook. 'n warme Stuuv, 'n koole Sloopkamer, so as dat höört. Man diesse Doog sünd mit de Tiet roor wurden. Un as wi mol so 'n Glücksdag to foten harrn, dor hefft mien Fro un ick beroodsloon, wat dor nu to doon weer. Dat vele Umtrecken, dat harr ja nix hulpen. In'n Gegendeel. Us weer overlangs, as weer dat just denn so recht verdreiht mit us Wohnen. Dor um hefft wi us overleggt, dit Hüürn un Umtrecken muß nu een for alle Mol 'n End hebben. So kemen wi up een egen Huus. So'n beten buten vor de Stadt schull dat liggen, 'n lüttjen Vorgoorn hebben un so'n beten for sick alleen stohn. Von de Snackeree in't Treppenhuus harr ick wohrhaftig genoog. Hier schull dat all anners weern.

As wi us dor nu over enig weern, bün ick foors denn annern Dag to'n Mookler fohrt, un de harr, wat wi sochen. Dat hett noch 'n paar Moond duurt, man denn kunn dat ja losgohn mit dat neje Wohnen. Egen Herr in sien egen Huus, dach ick, dat is doch wat.

Man us Glück duur nich lang. As ick na 'n poor Doog 's ovends no Huus keem, stunn us neje Huus in Brand. Dat Füür sloog al ut de Finster un Dören rut, un mien Fro schree um Hülp as man wat. Mi wurd dat swart vor Ogen. Ick keem in't Slingern.

– Füür! Füür! reep ick.

Ick spöör upmol, wo twee Hannen sick von achtern up mien Schullern leggen un mi fastholen deen.

– Is Jo nich goot, beste Herr.

– Mien Huus brennt! reep ick. Mien Huus, dor!

Un ick wies mit 'n Finger up mien Huus.

– Dor. Wi mööt't de Füürwehr komen loten. Mien Fro verbrennt!

De Mann leet mi los un keek mi groot an.

– Sünd Ji besopen oder is Jo nich goot upmol, froog he scharp.

– Nee, nee ... miemel ick. Mien Huus ...

– Is dat Ehr Huus dor, froog he un wies up dat Geböde.

– Ja, dat ... dat is mien Huus.

– Utverschoomt, sowat! kreeg ick noch höörn. Un denn leet he mi dor stohn, vor mien brennen Huus.

Amenn hett he dat Füür in mien Huus ja ook nich sehn wullt, de Keerl. Denn harr he mi ja helpen mußt, un dat weer em seker toveel.

Siet güstern wohnt wi in een Hotel. Von Hüüs un Wohnungen hefft wi nu genoog. Vondogen heff ick dat Huus verkofft un sogor noch 'n beten Gewinn dor bi mookt. Un sowat mööt ja egentlich fiert weern. Un ick heff mi dacht, dat Schöönste weer doch, du loodst dien Fro to een goot Eten in. No all de verdreihten Moonden un Weken, de wi achter us hefft, is dat woll mool wedder an de Tour.

Man nu stoh ick al 'n gode halve Stunn in dat Telephonhüüsken un probeer in dat Hotel antoropen. Man de Nummer steiht gor nich in't Book. Ook bi de Utkunft hefft se dat nich in de Listen. Un as ick even bi den Hotelverband anreep, säen de ook, dat Hotel, dat geev in de Stadt gor nich ...

Mien halve Fro

Siet een poor Weken fallt mi up, dat ick von mien Fro stodig minner seh. For 't eerste Mol heff ick dat markt an een Ovend, as ick ehr bi de Hand nehmen un to mi hertrecken wull. Wo ick hengreep, dor weer nix, dor weer 'n Lock. Ick mööt woll verboost keken hebben, denn se sä: Wat is mit di? Is di upmol nich goot?

Se gung gau in de Köök un hool 'n Stohl. Ick kunn düütlich sehn, wo se den Stohl nehm, ganz normol, bloot dat dor, wor egentlich ehr rechte Hand wesen schull – dor weer nix.

– Sett di even hen, sä se. Fründlich. Dat fullt mi up.
– Ick hool di 'n Glas Woter.

Un dor kunn ick dat wedder sehn. Dat Glas sweev unner den Woterkrohn. De rechte Hand weer weg. As dat Glas vull weer, lang se mi 't röver, dat heet, dat Glas keem anflegen, bleev knapp 'n halven Meter vor mi in de Lucht behangen, un denn sä se:

– Nu drink man eerst, 't schall woll beter weern.

De Hannen gungen mi. Ick kunn dat Glas bold nich fastholen. Dat halve Woter sprütt dor bi to.

– Du fluggst ja rein! sä se, un se weer besorgt. Ja, ehr weer nich egol, wo 't mi gung. Dat kunn ick marken.

– Schall ick nich den Doktor …?

– Nee, nee, loot man, dat ward sachs glieks beter. Bün bloot 'n beten flau.

De Nacht heff ick nich slopen. Ümmer wedder muß ick an dat Glas denken, dat dor so answeven keem, un an dat Lock, dat Nix, dor, wo ick mien Fro griepen wull. Nu leeg se dor to slopen. Ehr Oten gung sachten. Vorsichtig sloog ick de Bettdeek hooch. Klor un düütlich kunn ick sehn: 'n groot Deel von de rechte Siet, de Arm, 'n Stück von de Schuller un ook wat von't Liev, de weern weg. Eenfach so weg. Mit 'n bevern Hand föhl ick nu, of dat ook stimmen dee, wat ick dor seeg. Jawoll. Up de rechte Siet weer nix mehr. Vorsichtig leet ick nu de Hand na de anner Siet glieden. Dor weer allens in Reeg. Ick sloog de Deek wedder trügg. Dat kunn ick mi nich länger ankieken.

Wat schull ick moken? Ick harr mien Fo doch leev. Klor harr ick ehr leev. Un mi weer 't doch nich egol, of dor nu 'n halve oder 'n ganze Fro gegen mi leeg. Much den Keerl mol sehn, den dat egol weer.

Den annern Morgen gung dat so as jeden Morgen. Mien Fro stund vor mi up, wusch sick, mook dat Fröhstück klor, un denn weer ick an de Reeg. In 'n Stillen harr ick hoopt, dat schull nu anners ween. Man ick seeg wedder, de Koffiekann un de Tassen un all dat, wat se in de rechte Hand nehm, dat sweev dör de Köök, as weer dor 'n Geisterhand an 't Wark.

– Geiht di dat vonmorgen wat beter? froog se.

– Ja, ja, beiel ick mi, dat geiht al. Weer woll bloot so 'n lüttjen Tofall. Dat schall ja vorkomen. Dat kummt so mit 't Öller.

– Wullt nich doch lever in 'n Huus blieven? Kannst ja up de Arbeit anropen ...

– Nee, nee, dat geiht al ...

Dat harr mi noch fehlt. Den ganzen Dag dit Spillwark bekieken. Denn lever no de Arbeit.

As ick gegen Ovend wedder keem, much ick eerst gor nich in 't Huus gohn. Ick dee, as harr ick an 't Auto wat notokieken. Man se reep: Wor bliffst du denn? Dat Eten ward doch koolt. In de Köök ankomen, seeg ick, dat dor al wedder 'n Stuck mehr von mien Fro fehlde. So kunn dat doch nich wiedergohn.

– Wo gung 't up de Arbeit, froog se.

– 't hett gohn, hett gohn, antwoorde ick kort.

– Is di nich wedder flau wurden?

– Nee, nee, allens in Reeg.

Wi fungen an to eten. Ick much gor nich upkieken.

– Heff ick di güstern egentlich vertellt, dat wi vonovend bi dien Süster inloodt sünd?

– Nee! verjoog ick mi un floog up.

– Wat is? Hest du anners wat vor? Du weeßt doch, se hett sick dor so up. Wi schöölt ehr neje Stuuv bekieken.

Wat nu? Kunnen wi denn *so* to mien Süster gohn? Mit 'n Fro, de up de ene Siet as afbroken utsüht?

– Oder schall ick ehr aftelephoneern? Man schasst sehn, denn kummt se morgen bi us anlopen. Se will doch seker weten, wat di fehlt.

– *Mi* fehlt nix! sä ick reselveert.

– Na, denn is't ja goot. Gegen acht schööt wi dor ween.

Mit 'n bevern Hart gung dat de Treppen to mien Süster ehr Wohnung hooch.

Pingeln. De Slötel dreiht sick – nu muß 't passeern. Man dor passeer nix. Dat weer allens normol.

Hannenschutteln. Moin. Wo geiht jo dat? Moi, dat ji komen sünd. Mien Swoger keem. He geev mien Fro de Hand – nix, he hett nix markt. He geev mi de Hand un wedder Moin, koomt rin un denn man glieks in de neje Stuuv.

Beide hefft ehr de Hand geven un nix seggt. Beide hefft nix markt, dat weer 't. Bloot ick kunn sehn, dat se minner wurd. Wo keem dat? Worum keem ick alleen dor achter? Weer dor denn wat passeert mit ehr? Mi weer doch nix upfullen. Un kloogt harr se doch ook nich.

Of ick ehr eenfach mol frogen schull?

– Segg mol, wo kummt dat, di fehlt dor up de rechte Siet wat.

Mien Fro harr ja woll glieks 'n Doktor hoolt, gloov ick. Dat harr ick tominnst doon, wenn *se* mi sowat froogt harr.

Och wat, Schiet! Ehr mookt dat ja schien 's nix ut. Un dor kummt dat ja woll up an. Foken is dat beter, een snackt over sowat nich. Dor mookt 'n amenn noch mehr mit twei. Nee, swiegen is woll in dissen Fall beter.

No so 'n lüttjen Fier as bi mien Süster weern mien Fro un ick meisttiets 'n beten updreiht. Foken moken wi denn noch 'n »lüttje Tour döör de Puuk«. So heet dat bi us. Man den Obend? Mit so 'n Fro in 't Bett? Man mien Sorgen weern vergeevs. Dat leep so goot as jümmers. Allens no Ploon. Un von den Ogenblick an wuß ick, dat weer allens bloot halv so slimm mit mien Fro.

As ick anners Doogs wedder von de Arbeit keem, weer mien Fro bloot noch halv dor. Ja, as wenn se liek döörsneden weer, so seeg se ut. Man nu, wo ick allens wuß, mook mi dat nix mehr ut. Dat weer even so.

Un dor heff ick Oss nu ene Nacht bold nich um slopen kunnt.

Ole Frünnen

He harr vonmorgen 'n beten Tiet. Dorum steeg he al 'n poor Stationen ehder ut 'n Bus.

Mall, dach he, so foken büst du hier al mit 'n Bus vörbifohrt un weeßt doch nich, wo dat hier in de Stroten utsüht.

De Bus fohr af.

He gung nu sinnig de Stroot dool un wuß, he muß glieks to de Bank komen, wor he alltiet den Landstrieker sitten seeg. In 'n Bus sett he sick alltiet an de Siet, de no 't Trottoir gung, dat he ook man jo den Landstrieker to Gesicht kreeg. Un de seet denn ook jeden Morgen dor up sien Bank. Mit sien Plastiktuten un de olen Zeitungen seet her dor. Den eersten Beerbuddel gegen sick – dat dach he tominst. Man dat kunn ja just so goot al de twede of drüdde ween.

Wohrschienlich over doch de eerste.

De Bus fohr an disse Stee, wor de Bank stund, meist wat sinniger, bleev ook foken 'n korten Ogenblick stohn, denn dor gung 'n Zebrastriepen over de Stroot. Un just to disse Tiet lepen dor veel Kinner, de no de School up de anner Strotensiet mussen. Un justakrookt in dissen Moment kunn he denn in de Ogen von den Strieker kieken. Un de keek em denn ook an, 'n Ogenblick, stiev in de Ogen, un denn nehm he sienen Beerbuddel un drunk em to.

De eersten Molen harr he denn alltiet gau wegkeken; de Strieker schull jo nich menen, he weer mit sien Supen inverstohn. Dor weer he nich mit inverstohn, un he kunn marken, wo sick in em wat röög, wo sien Hart gauer sloog un he no de anner Fahrgästen keek, of de wat marken kunnen. He wuß nich, of se wat marken kunnen.

Man de Strieker seet dor jeden Morgen up sien Bank un leet dat nich. Jeden Morgen prooste he em to, un so wähn he sick dor an, ja he fund dat mit de Tiet rein 'n beten pläseerelk. Em wurd dit Bild vertroot un he wuß, egens harr he nich gegen den Strieker. He kunn em up siene Aart un Wies verstohn. Ja, he spöör sogor, he weer rein wat afgunstig gegen dissen Mann dor.

Nu stüür he up em to. Of he em woll kennen dee? Se harrn sick ja bloot dör de Schiev sehn. Jeden Dag bloot for 'n korten Ogenblick, fief Sekunnen, wenn 't hooch kummt. Nich mehr. Un nu wull he em mol ut de Neegde bekieken. Wat schull he to em seggen? Muss he denn wat seggen? Se weern doch ole Frünnen, dor mööt een doch nix seggen.

Dor weer nu de Bank – man ... dor seet nüms. He keek verboost um sick to. Dat mööt doch de Bank ween. Ja, dat weer se ook. Dor weer de Zebrastriepen, un de Kinner, de dor röver mussen, weern dor ook. Ja, seker, kien Twiefel, dit weer de Stee, wo he jeden Morgen den Strieker sitten seeg. Man vonmorgen weer he nich dor. Amenn weer 't noch nich akroot de Tiet? Man nee, dat scheel doch bloot 'n poor Minuten, een Bus, mehr doch nich. Sien Bus, den he anners jeden Morgen nehm, de muß doch glieks komen, um twee, dree Minuten. To disse Tiet fohren de ja foken.

He wull sitten gohn, man he keek doch eerst, of de Bank ook rein weer. He wull sien Tüüg ja nich schetterig moken. Just up sienen hellen Mantel, dor kunn een ja foors jeden Placken sehn. Wat schullen de Kollegen up de Arbeit denn woll denken? Man de Bank weer rein.

As he seet, dor weer em, as harr he hier al fokender seten. Mall, dach he, hier büst du doch wiß un wohr noch nienich in dien Leven ween un doch is 't di nich frömd to.

De Affallkorv, de Strüük, dat Trottoir, de Stroot, de Hüüs un dat Drieven von de Lü. Dat weer em vertroot un doch, he weer sick seker, he harr hier noch nich seten. He nich.

In 'n Stillen muß he lachen. Dor weer een Geföhl in em, dat weer so as een sick föhlt, de sick no een lange Reis wedder to Huus in sienen olen Stohl setten kann. Un denn fullt em up, wo he ümmer wedder no links de Stroot dool keek. Ja, klor, he tööv up den Bus, mit den he jeden Morgen no de Arbeit fohren dee. Un kiek, dor keem he ook al, wiet achtern weer he noch, ganz lütt. Dor weern noch dree Ampeln to overfahren, ja, noch dree Stück, so harr he 's morgens ook alltiet tellt, noch dree. Dat duur, denn de stunnen meisttiets up rot. Man doch, so bi lüttjen kroop de Bus up em to. He kunn al de Nummer wohren: 116. Dat weer siene Linie. Wer dor vonmorgen woll fohren deit, schoot em dat nu dör 'n Kopp. Schall woll de Dicke doon, harr he sick dat no korte Bedenktiet utrekent. Mit de Johren, dat glöövt he, harr he dat System von den Fohrerwessel rutfunnen. No sien Menen muß vondogen de Dicke achter't Stüür sitten. Man – nu wo de Bus nohder keem, weer he sick mehr un mehr in'n Twiefel – sien Reken gung nich up, achter dat Stüüt seet nich de Dicke, dor seet 'n Neger. He schoot tohoop. Linie 116, de Tiet, de Stroot, de Bank, ja, dat stimm all, bit up een lüttje Klenigkeit ...

De Bus keem nu sinnig anfohren. Noch goot twintig Meter. Dor weer de Zebrastriepen un de Schoolkinner.

De Bus muß even stillholen. Un nu kunn he dör de Schiev no binnen in den Bus kieken ... sien Hart sloog em bit an'n Hals ... he spöör, wo sien Hannen natt wurden ... sien Ogen reten sick open ... dor ... dor ... dat weer doch sien Platz ... dor an't Finster ... he meen, he muß upspringen, up den Bus toronnen, gegen de Schieven trummeln, schreen ... man he bleev as anwussen up de Bank besitten, he keem nich hooch, he weer stief, as lohm, he kunn sick nich rögen.

He höör, wo de Busfahrer wedder Gas geev. He dreih for Gewalt sienen Kopp no rechts, den Bus achterno un seeg noch so even de lachen Visoosch von den Strieker, de em mit sienen Beerbuddel ut den Bus toproosten dee.

Wenn de Müürlü kaamt

for D. R.

Smitt harr nix gegen de Müürlü, he harr ehr ja sülvst ropen. He verstund sick ja nich up müürn. He bruuk Hülp, wenn 't sowat weer. Dor harr he ehr um ropen. Se schullen em helpen.

Dor mööt veel mookt weern an dien Huus, harrn se em seggt. Un he harr nickkoppt. Wat nödig is, mööt mookt weern.

Un denn weern se anfungen, harrn neje Müürn trocken un de Finster rutreten. Dat mööt, harrn se em seggt, un he harr nich weddersproken. Un denn weern dor upmol all lüttje Hucken in sien Huus, Hucken mit Locker, wor een dörkrupen muß. Dören geev dat nich mehr. Un Smitt wuß nich, wat he dor to seggen schull. De Müürlü verkloren em, dat dat all nödig weer, wat se moken. Sien Huus weer oolt, de Grundmüürn weern al möör, de Deken kunnen doolstorten, un dat wull he doch nich. Ne, dat wull he wiß nich. Un wi bringt dat up Stee, harrn se seggt un lacht. Un Smitt harr ook lacht, he kunn nich anners.

Un denn weern se bigohn un harrn de Finster

dichtmüürt. Eerst mit Kalksandstenen un denn mit Klinker. So wurd dat düüster in sien Huus. Wat schall dat? harr he froogt. Allens för dien egen Sekerheit, harrn se em verkloort, hier büst du burgen. Un denn weern se weggohn, dör dat lüttje Lock, dat se vorn no de Stroot hen openloten harrn. Un he seet alleen in sien Huus, dat kien Dören un Finster mehr harr, bloot noch ut Hucken un Facken bestund, un he froog sick, of dat recht weer. Ja, dat is woll recht, sprook he sick denn sülvst to, ick heff de Müürlü ja sülvst komen loten. Un so weer 't ja denn ook. Man overlangs weer 't em doch, as muß he dor wat gegen moken, un denn kroop he döör sien Huus un soch wat, dat he gegen de Müürlü vorbringen kunn. Man he fund nix. De Handwarkers harrn goot arbeit't. He kunn nich klogen.

Em bleev bloot noch dat Lock, dat no buten up de Stroot gung. Dor kunn he rutkrupen, wenn he wull. Man denn? Wo süht dat ut, dach he, wenn du dor mitmol ut so 'n Lock rutkrupen kummst? Stell di vor, dor geiht just een an dien Huus vörbi, den du kennen deist, un du kruppst ut dien Lock. De fangt doch an to frogen oder wunnert sick, wo sowat angohn kann.

Ja, wat kunn Smitt denn woll seggen? Schull he seggen, dat de Müürlü dat doon harrn? Dat weer ja ook bloot de halve Wohrheit. He harr ehr ja sülvst ropen. Man von Dichtmüürn harr he nix seggt.

He harr dor over ook nix gegen seggt. He harr ehr moken loten. Se harrn dat mookt, wat se för nödig hooln harrn, un he – weer dor mit inverstohn ween. Nu kunn he nich wedder trüch. He muß dor so mit leven. Un he stell sick dor up in.

In'n Anfang weer he vör all bang, de Lü kunnen over em snacken, over sien Huus ohn Finster un Dören. Man dat deen se nich. Sien Noversch vertell foors den annern Dag von ehr Kinner, wo goot de up de Borgerschool trechtkemen – dor harr se 't ja alltiet over – un de Fro von vöröver gunn ehr dat nich un iever, dat ehr Dochder, un de harr doch bloot de Volksschool besocht, dat de nu goot verheiroodt weer un over veel Geld to huushooln harr. Dat kenn Smitt al, he harr dat dör all de Johren hÖört. Un 'n poor Doog loter keem de Postbüdel un lang em 'n Breef dör sien Lock no binnen. De keem von sien Broor, de just in de Alpen up Tour weer.

De Lü, dat begreep he nu, funnen sien Loog nich afsunnerlich un dor um kunn dat mit em ja egentlich ook nix Aparts up sick hebben. So keek he denn no buten up de Stroot un höör dor woll mit to, to dat Leven.

Man doch, mit de Küll in sien Huus harr he Last. He beföhl overlangs den Steenfootbodden, de nookden Müürn, de natt weern, he föhl sick in 't egen Gesicht – koolt. Man denn muß he ook ja weten, wat warm weer. Doch he kunn sick dor nich mehr so recht up besinnen. He kunn dit Geföhl von Warmte nich wedder trüchbringen. Dor mööt doch mol wat anners ween hebben, ehder as de Müürlü dorween sund.

Man wennehr weern se dorween? Güstern, ehrgüstern, vör teihn Jahr? Schull he nich is wen frogen? Den Postbüdel? De harr doch nie Tiet un overhoop, wat schull de woll denken? Un de Noversche? De harr doch mit ehr Kinner genoog to doon, wat schull de sick woll um em scheren? So leet he dat Gruveln un geev sick tofreden.

Man denn, eens goden Doogs, kemen twee Müürlü mit 'n Schuuvkoor vull Stenen un smeten de liek vor sien Lock. Nu kunn he von de Stroot nix mehr sehn.

Wat willt ji mit de Stenen? froog he.

Dat letzte Lock mööt doch noch dichtmüürt weern. Dat hest du doch sülvst so wullt. Man vondogen hefft wi kien Tiet mehr. Wi koomt morgen wedder, denn ward dat mookt.

Kann 'ck mi dor ook to verloten? froog he noch.

Seker, up us is Verloot.

Un he wuß, up de Müürlü weer Verloot.

Den annern Morgen kemen se Klock seven.

– Pünktlich as de Müürlü! reep Smitt ehr tomööt.

Un all mussen se lachen.

– Up us is Verloot, dat is doch klor!

Dat duur nich lang, dor harr de een von de Müürlü al den Zement anröhrt un de anner de Stenen an 't Lock drogen. Smitt hulp em dor bi. He druff sick sogor de mooisten Stenen utsöken. Dat stunnen de Müürlü em to.

Un denn weer 't sowiet. Smitt kroop wedder no

binnen, un de beiden Handwarkers müren em in. Bi den letzten Steen reep de een noch gau no binnen:

– Smitt! De Zement bruckt 'n goden Dag to 'n afbinnen. Paß 'n beten up, anners mööt't wi dor noch wedder bi.

– Nee, nee, ick will mi wohren, dat ick dor ankoom. Sowat do ick nich. Ick will ja kien Arger hebben mit Jo.

– Weeßt' Bescheed.

Un denn schoov de Müürmann den letzten Steen in't Lock un klopp em mit de Kell noch 'n beten liek.

Nu weer ehr Wark doon. Se trucken af.

Un Smitt seet dor in sien Huus un tööv, dat de Zement drögen dee. Egens weer he tofreden mit de Müürlü. Solang as dat Lock dor noch ween weer, harr em de Larm von buten noch foken ut 'n Sloop reten. Un ook de Flarreree* von de Noverschen harr ja nu een End. De un ehr Kinner. Gottloff, dat weer nu vorbi. Nu kunn em nüms mehr wat. Ja, de Müürlü harrn wedder goot arbeit't. Dor keem nu nix mehr von buten an em to. Kien Lichtstrohl un kien Luut. Dat weer swart un still um em to. He weer seker, un dat genoot he.

So as he nu leev, overkeem em dat overlangs, dat weer doch as in een Graff. Ja, so muß dat egentlich ween, wenn een doot is. Bloot, he leev, he weer dor. Af un an kneep he sick denn in 't egen Fleesch, un

---

* Geschwätz

denn wuß he dat wiß, he leev noch. Man denn keem 'n Tiet, dor spöör he dit Kniepen nich mehr so recht. He druck denn faster to, groov siene Fingernogels so recht deep in sien Fleesch rin un verjoog sick. Knapp to spöörn weer dat noch. Un he wurd hibbelig un kneep sick överall, in'n Arm, an de Benen, in't Liev: he murk dat bloot noch so even.

– Dat mööt de Kull moken, weer dor denn sien Verkloorn for. Ick bün to verkloomt.

Man as he denn wat loter dat wedder probeer, muß he al mit all sien Kraft todrücken, ehder he overhoop wat spöör. Un do passeer 't, as he sien Finger wedder mol so recht in sien Benen ingroven harr, dat upmol dat Fleesch nogeev un he 'n Stuck twüschen sien egen Fingers harr. He wull schreen, doch dat gung nich. He harr gor kien Keelt. Dor bruck he ja ook nich to schreen. Gau smeet he dat Fleesch von sick, bleev as lohm besitten un tro sick nich von de Stee. No 'n Sett leet he denn sien Hand dat Been doolglieden un föhl an de Stee, wor he dat Fleesch rutreten harr. Kien Bloot, kien Keelt, nix to spöörn. In sien Been weer 'n Lock, un he spöör dat nich mol. Wat kunn dat heten? He overlegg lang un toletzt kunn he sick dat bloot so verkloorn: he weer an't Starven. Annerswat kunn dat ja woll nich ween. Un dor bi harr he sick dat alltiet ganz anners vorstellt. Veel gräsiger, harr he meent, weer dat. Un an Keelt harr he alltiet dacht, wenn de Sprook up dat Starven komen weer. Un nu weer dat so. Ganz eenfach, un dat gung ook gor nich so gau, as he ümmer meent harr. Nee, he sturv so sinnig weg. Jeden Dag 'n lütt beten mehr. He kunn dat an sick sülvst marken. Sien Fleesch, dat week so no un no von em. An de wecken Steen kunn he al düütlich de Knoken spöörn. Sünnerlich an dat Been, wo he sülvst den Anfang mookt harr. To geern harr he sick sülvst mol in'n Spegel bekeken. Schood, dat gung ja nich. Ja, he weer so'n beten egen. Wat schull he nu moken? Em weer kloor, dat he nu so bi lüttjen verfull. Schull he 'n End moken an dit Spill? Man dat weer nich so licht to. He kroop dör sien Huus, dat heet, dör all de Hucken un Facken un soch wat, 'n Stuck Iesen of 'n Mest, dat he sien Starven amenn afkorten kunn. Wenn he wull. He fund nix. Kloor, de Müürlü harrn all ehr Reedschup mitnohmen, so as sick dat hööört. Dat harr he sick ook denken kunnt.

So muß he denn woll dat eenzige probeern, wat he noch moken kunn: sick den egen Wiesfinger dör de Bost in't Hart drucken. Bloot so kunn he starven. Man he verjoog sick, as he dissen Gedanken foten dee. Harr he een Recht dor to? Druff he dat?

Em wurd kloor, dat Starven weer nich so eenfach. Dor geev dat soveel to bedenken. Un doch – een um'n annernmol probeer he dat mit sienen Finger. He sett em piel up sien Hart un fung an to drucken. Man denn week he doch wedder retour. Toletzt nehm he sick denn over doch 'n Hart – un druck to. Doch wat weer dat? Sien Finger drung dör sien Bost na binnen, dör sien Hart dör, as wenn 't all ut Botter weer.

Un he leev wieder.

He sunk in sick tohoop, wurd flau, sloog up den Steenfootbodden un bleev dor lang liggen. Nu endelk begreep he: he kunn nich starven. He muß vergohn un dat mitbeleven.

Dat druff noch nich ween, joog em dat dör'n Kopp, un he wull schreen, man sien Hals un sien Tung weern al wegfuult. Bloot noch de Knoken weern dor.

Un do muß he lachen. Em weer tomindst so to Moot.

Smitt weer to'n Knokenmann wurden. He freu sick. He weer een Knokenmann. Just so een, as se fröher in de School hadd harrn. Dor harr de Mester ehr den Knokenbo von de Minschen an verkloort. Un disse Knokenmann (oder weer't 'n Knokenfro?), den harr he alltiet ut den Kortenruum holen mußt. Foors rechts um de Eck stund he alltiet. Sien Kameroden harrn em denn foken dor mit uptrocken.

– Knokensmitt! harrn se em ropen. Un he harr sick argert un sick mit sien Kameroden dor um haut. Nu muß he dor over lachen.

Nu weer he de Knokensmitt. Nu? Wo lang al?

He dach an de Müürlü, as se em inmüürt harrn. Wennehr weer dat ween? Güstern? Ehrgüstern? Vor teihn Johr?

He wuß dat nich mehr un geev dat ook bold up, dor over to sinnen.

Kiek mol'n beten to

Fa

Nülichs hebb ick ehr weddersehn. Nee, sehn hebb ick ehr egentlich nich. Ick heff ehr snuppert. Of se dat wohrhaftig weer, ick weet dat nich. Doch se hett so roken as se. No Fa. Fa, dat is de gröttste Seep, de dat up de Welt geven deit. Fa gröön. As Seep, nich as Duschgel un ook nich Fa blau. De gifft't ja ook. Fa gröön, de is't. Un se harr sick mit Fa gröön wuschen un husch an mi vörbi. Se keem ut 'n Fohrstohl, ick harr den Arm vull mit Aktenordners, un so kunn ick ehr nich mol sehn. Se heel mi de Fohrstohldöör open, un bi't Instiegen keem ick ehr ganz neeg. Un do kunn ick dat marken: dat is *de* Röök. Un denn eerst in'n Fohrstohl. Allens röök no Fa gröön. *No ehr.* Ick bün den Fohrstohl dreemol up- un doolfohrt. Dat duurt 'n poor Minuten. Un in 'n poor Minuten hest du di an jeden Röök gewöhnt. Un dat wull ick utkosten.

Fa gröön. Ick bün seker, dat weer Fa gröön, denn mien Janbimi wurd jümmers gröter. Un de versüht sick nich. Up den kann ick mi verloten. De weet, wenn dat Fa gröön is un wenn nich. Dat wuß he al domols, as de Geschicht mit Fee weer. Se weer een Fee, de sick blots mit Fa waschen dee. Vör wi in't Bett gungen, sprung se jümmers ünner de Dusch, un denn rook se na Fa gröön. (Nu willt ji natürlich weten, of ick mi ook wuschen heff. Klor, ick heff mi ook duscht, doch ick heff nienich Fa gröön nohmen. Jümmers een anner, veel milder Seep, dat ick den Röök von Fa gröön ook so recht spören kunn.)

Mien Fee, gloov ick, hett dat wußt oder tomindst ohnt, dat ick so wild no den Röök up ehr Huut weer. Mit ehr duur dat Vörspeel soooo laaaang. Janbimi muß sick gedüürn. Eerst muß ick jede Kuul up ehr Huut afsnuppert, afküßt, afsmeckt hebben. Un dat geev Steden, wo ick meist nich von weg keem. Eerste Station up mien Reis: de Achseln. Wenn sick de Sweet mit Fa gröön mischen deit – hmmmh – dat is wat. Un denn de Nupsies. Mien Tung speelt dor mit as för dull. Den Buuknovel will ick nich vergeten. Dor sitt de Röök lang un stark in. Un denn glitt mien Tung wieder dool, över de Prärie un denn – overs sacht – rin in den Canyon. Un wenn dor de Saft dat Lopen kriggt – un de rüükt ja so al fein – un wenn de sick denn mischt mit Fa gröön, dat is een Röök.

Fee leet dat jümmers schehn. Un mehr noch. Tweemol muß ehr dat komen – un denn spaddel se jümmers so mit de Been, un denn ... denn ... nu is sowiet ... denn beet se mi jümmers. In't Been, in'n Arm, in de Schuller, wo se just leeg mit ehrn Mund.

Tja, un all dat stiggt in mi hooch un lett Janbimi

groot un stief warrn, wenn ick Fa gröön rüken do. Un denn denk ick jümmers: dat is Fee, dat is se. Ick weet, se is dat nich, wat weer dat ook för'n Tofall. Overs soveel weet ick: Fa gröön, dat is de größtste Seep up de Welt.

Scharpe Tähnen

Fee heff ick up een Party kennenlehrt. Dat weer een von disse Massenparties, wo du egentlich blots hengeihst, wenn du dor ook welk kennen deist. Anners büst du mang de velen Lüüd verloorn. Kannst di gau een antütern un denn wedder no Huus gohn. Doch nich, wenn Fee up so een Party is. Un Fee, dat heff ick ja al vertellt, de wascht sick mit Fa. Fa grön.

Disse Röök bleev mi in de Nees behangen, as ick mi een Glas Wien holen dee. Se harr just den Buddel in de Hand, un se goot mi ook in. Fa. Ick rook Fa. Un Janbimi röög sick.

Un von achtern reep een anner Fro:

Fee, bring mi ook een Glas Wien mit.

Ja, geern.

Weg weer se. De Party harr so fein anfungen, un schien's wurd se nu doch wedder langwielig. Fee. Wo kann een so heten? Is dat een korte Form von Felicitas? So een Noom günn ick ehr nich.

Se keem wedder, Wien to holen.

Deist mi noch een in, Fee? froog ick.

Ja, seker. Wo weeßt du mien Noom her?

Tja, vörhen hett dien Fründin no di ropen un dien Noom seggt. Un nu bün ick al de ganze Tiet an't överleggen, wo Fee herkümmt.

Se lacht.

Dat is een lange Geschicht ...

Se hett se mi vertellt, un as se ut weer, seten wi bi ehr tohuus up't Bett. Schummerlicht. Fee much geern dat Halvdüüster. Un Mozart. Bi 't eerstemool güng allens teemlich gau. Oder mi is dat gau vörkomen. Ehr Huut, disse Röök von Fa. Ick wurd rein verrückt.

As ick in ehr weer, krüüz se de Benen achtern över mien Rügg tohoop. Un denn, denn kümmt ehr dat ook al – un se bitt mi för Lust in de Schuller. Ehrlich geseggt: mi hett dat wehdoon. Ick segg overs nix. Harrst du seker ook nich doon an mien Steed. Ick nöök wieder. Un wedder kümmt se vör mi kloor, un wedder bitt se mi. Ditmol noch duller as vördem. Ick segg wedder nix. Mien Lust is minner wurrn, lett sick denken. Doch de Röök von Fa bringt mi wedder up Touren. Un denn: pingeling – se bitt mi nochmol.

Au, schütt dat ut mi rut.

Tja, dat deit mi leed. Doch wenn mi dat kümmt, dann weet ick mi rein nich to holen.

Wat nu? – Egens ganz eenfach: wi hefft dat von do up an nich mehr *normal* as Adam un Eva mookt. Ick leeg unnen un se up mi. Den Hilligen Georg sien – un mien – gröttste Freud.

Hoor

Vergohn Johr in 'n Sommer. Pöseldorf, in een Gordenlokol. 'n Kolleeg un ick harrn wat to besnacken, mol so ganz in Roh, ohn Telephon un kannst du mol even un hest du ook dor an dacht. Dat is warm. Studenten von de Musikhoochschool koomt. De Proben sünd vörbi, morgen hett de Prof. sien Spreekstünn un ick mööt den tweden Satz von Brahms sien weet-ick-wat noch öven. Weer mi allens egol. Ick kunn mien Ogen von EHR nich losrieten.

Un wat meenst', wenn wi eenfach mol rutfahrt no Blanknees, is doch jümmers an'n besten, man snackt mit de Lüüd sülvst ... Hööorst du mi to?

Nee, dat heet ja, deit mi leed.

Wat harr se, dat mi nich losleet?

Wo weer dat morgen fröh, mol seggen, so bi teihn langs ... Wo büst du mit dien Gedanken?

Bi ehr ...

Du mit dien ... nu harr ick bald wat seggt ... Ick mööt mol för lütte Jungs ... wullt du ook noch 'n Beer?

Nee ... äh ... ja, 'n Halven ... un loot di Tiet.
Wat?
Och, loot goot ween.
De Hoor weern dat, de Hoor. De swarden Hoor. Se harr swarde Hoor. Pickswart sogor. Starke, dunkle Ogenbruun, un dat weer Sommer, un dat weer heet, un ehr T-Shirt flatter so um ehr to, un nu lä se de Hannen achtern Kopp tohoop, wöhl dör ehr swarde Mähn, un se harr sick de Hoor ünner de Achseln nich afraseert, wat ick ook nich utstohn kann, nüms hett ünner de Arm een glatte Huut, man de Froonslü sünd rein verrückt dor up, sick just dor allens wegtoraseern, doch *se* nich, un nu truck se dat Been an, un ook langs de Woden weer een feinen Floom von de swarden Hoor to sehn, un ick stoh up un nehm ehr bi de Hand, un wi loopt no de Alster dol, un de Alster is nich de Alster, dat is jichenswo boben in Dänemark an den langen wieden Strand, un dat is warm as in Pöseldorf, un wi juchzt dör den Sand, un wi hoolt still, treckt us ut, springt in 't Woter, spaddelt as de lüttjen Kinner in de Noordsee herüm, un nüms is dor, wi sünd ganz alleen, un wi loopt retour an Land, söökt us een lüttje gröne Steed, un de Wind un de Sünn droögt us Huut, un ick seh ehr swarden Hoor, mien Hannen strokelt ehr lange Mähn, de ehr bit wiet up den Rüch fallt, un mien Mund küsst ehr ünner de Achseln, un denn wannert mien Lippen dol to ehr Muschi, to ehr Muschibusch, ehr Buschmuschi, Kattenfloom, ehrn Urwald, ehr Küssen, un dor vergroov

ick mien Lippen un mien Tung in, un dat is Sommer, de Sünn schient so warm, un wi sünd alleen, jichenswo in Jütland, an de Noordseeküst, un een Stimm achter mi froogt:

Du wullst doch 'n Halven, oder?

Nee, segg ick, Beer is so düür in Dänemark.

De Röök

Dat Leven, dat is ook nich mehr dat, wat dat mol weer. Find ick. Fröher harr ick so mien Vörstellen un Gloven, hüüt geiht dat blots noch – blubb – as een Sepenbloos, allens Illusion.

Ick verkloor di dat.

Vör dree Doog. Ick tööv up den Zug von Hamborg na Hannover. Bi't Instiegen stiggt mi so een Röök in de Nees. Nee, nich Fa gröön. Ditmol is dat wat anners. Ditmol is dat so as in de Werbung, wo upmol de Dören so dördreiht un du as Mann so dör een Müür gohn kannst. Wegen den Röök von een Parfüm. Wat segg ick Parfüm, dat weer een parfun, Schandaal No 5, oder wo dat heet. Dor is also een junge Fro vör mi, de mi ganz verrückt mookt dör ehr Rükelwater. Vadder hett jümmers to mi seggt:

Rangohn, Jung. Stoh nich so bisiet. Dat möögt de Deerns nich. Ran.

Dor heff ick an dacht un bün eerstmol achter ehr bleven. Un denn heff ick mi eenfach so ganz harmlos in dat sülvige Afdeel sett. Rangohn!

Dor sitt wi beiden nu. Ick heff de Ogen tomookt un loot blots den Röök up mi doolkomen. Herrlich. An'n leevsten much ick nu ganz dicht an ehr rangohn un rüken. Doch dat geiht natürlich nich.

Mit dat Rangohn, dat is gor nich so licht. Ick kunn ja eenfach wat to ehr seggen. Blots wat?

Vielleicht so:

Se rüükt over apart, schöne Fro. Eenmol apart. Wat is dat för een Parfüm? Nee, seggt Se nix. Ick will dat roden. Drööv ick mol ganz von dichtebi, ick meen, up jede Huut rüükt da ja 'n beten anners, dorüm mööt ick hier mol drööv ick mol sachte dissen Knoop upmoken, oha, wat för een raffiniert Dessous Se dor dräägt, olalala, un wat is denn dat, ehr BH, oha, de geiht ja vörn uptoknöpen, schall ick eenfach mol so …

Upmol een Klötern un Ramentern up den Gang von us Waggon. De Keerl mit sien Gedränkewogen kümmt.

Ja, ick nehm geern 'n Tass Kaffe un de junge Fro …

Se kickt sick dat Angebot an von den Sonnyboy, de blots gau wedder afhauen schall.

För mi een Döös Beer.

Pssccchht. Knack. Se drinkt.

Beer! Hest du dor Töne. Worum drinkt so een feine Deern Beer? Begriep ick nich. Un denn ook noch ut 'n Blickdöös. Bäähhh. Dat kole Blick an de Lippen. Gräsig. Overs, na ja, viellicht hett se düchtig Döst, dat kann ja angohn.

Ick nipp an mien Kaffe.

Nu heet dat overs wedder rangohn. De Gedränkewagen-Keerl is Gottloff weg. Doch nu steiht mien Parfüm-Mamsell upmol up un geiht no buten up den Gang. Un dor, dor stickt se sick een Zigarett an. Mann! Smöken! Ick heff fröher ook al smöökt, un geern sogor, doch dat is al meist teihn Johr her. Se overs, se denkt överhaupt nich an uphöörn. Se test de WEST un treckt de man so in sick rin. Is ehr de Gesundheit egol? Endlich drückt se de Kippe ut un kümmt wedder rin. Gau de Nees in 'n Wind steken, dat du noch wat von ehr herrlich Parfüm mitkriggst. Doch dat eenzige, wat mi in de Nees kümmt, dat is de kole Rook, den se as een Fohn so achter sick hertrecken deit. Wat för een Gestank!

Do nu kümmt ja dat allergröttste. Se kriggt ehr Handtasch her un packt een Brot ut. Een tosomenklappt Swartbrot. Un as se – wramms – afbieten deit, dor seh ick, wat dor up is: Mettwust. Rökermettwust. Ekelhaft.

So kümmt nu to de Stinkeree von dat Beer un den Toback ook noch de Mettwust. Nee, dor fallt mi nix mehr to in.

Rangohn? An so een Stinkmadam? Nee, nee un nee. Ehr schöön Parfüm, dat ward scharp överlogert von ehr Freet-, Suup- un Paffkroom. Bah.

Gott, wat bün ick froh, as wi endlich in Hannover sünd un ick utstiegen kann.

Tja, as ick al sä, dat Leven is ook nich mehr dat, wat dat mol weer. Knapp fangst du an to drömen un lettst di inspinnen von een schöön Parfüm, denn mookt dat blubb.

De Tung

Wat goot, dat de Minsch een Tung hett. Ohn Tung mook de Leev doch halv soveel Spooß. Find ick.

Overs wenn du Maike kennt harrst ... Du hest Maike nich kennt, dat weet ick, over *wenn*, ick meen, denn harrst du ook seggt:

Up de Tung kummt dat an.

Maike harr nich so een Tung as du un ick, de harr een Tung soooo lang. De kunn se rutstrecken bit an de Kinnspitz. Echt wohr. Ji kennt doch seker dat Bild von Einstein, wo de sien Tung so bäähhh ut'n Mund strecken deit. Dat hung bi Maike över't Bett.

Mien Tung is noch 'n beten länger as den Klookschieter sien, sä Maike stolt.

So een lange Tung, dat is ja een Gottsgoov, fund ick, un Maike dach dat ook. Bi't Küssen is dat al een besünner Beleevnis. So een Tungenslag, denn mook ehr nüms no. Wi spelen foken: Fang mien Tung! Tung rut, Tung rin, un de anner muß denn – suutje versteiht sick – mit sien Tähnen no de

Tung snappen. Ick heff meist wunnen. Een herrlich Spill.

Bi dat anner Spill heff ick denn overs meist verloorn. Dat Spill heet bi uns: Bring mi up Fohrt!

De bi't eerste Spill verloorn harr – Maike also – de druff bi't twede anfangen. Een kloken Minschen hett mol seggt:

De Lust fangt achter de Ogen an, nich twüschen de Been.

Dat stimmt. Doch von de Ogen bit na Janbimi is dat doch een verdammt korten Weg. Wenn Maike mi ehr Tung wies, denn sprung Janbimi up as een Sprungfedder. Dat weer rein een Last, de Büx uptoknöpen. Maike weer een verdüwelte Deern. Mit ehr Noch-wat-länger-as-Einstein-sien-Tung strokel se mi eerstmol ganz sacht langs de Been. Suutje. Denn gung dat no un no wieder no boben, Zentimeter för Zentimeter, un denn wedder dool, un hooch un dool …

Is dat nich een schöne Gemeinheit?

Janbimi weer hart as een Steen. De Vörhuut harr sick lang retourschoven. De Glatzkopp – dat weer Maike ehr Woort – wies sick füürroot.

Un wenn nu de Tung, de Gootsgoov von Maike, an em tip-tip – tippen dee, dat kunn ick nich utholen.

Hollstop, anners pingelt dat!

Maike weer nich blots een verdüwelt, gemeine Deern, de weer ook genußsüchtig. Darüm höör se nu up, dat Janbimi wedder 'n beten Luft holen kunn.

Ick leeg denn meist lang up 't Bett un keek up dat Einstein-Plakat.

Of de kloke Mann woll wußt hett, worto een so lange Tun allens goot is?

Muschi

Wenn ick so mit Maike dor leeg un töven dee, dat Janbimi to Roh keem, denn heff ick mi foken froogt:
 Wat seggst du to Maike ehr ...
 In een plattdüütsch Wöörbook steiht Kutt. Doch statts een hoochdüütsch Woort as Översetten kümmt denn *lat. cunnus*. Kutt is kien schöön Woort. Lock al lang nich, un Fleut mag ick ook nich. As Kattenfründ segg ick *Muschi*. Week un warm is se ja, un se mag ook geern strokelt un eit warrn.
 Maike ehr Muschi weer meist so sensibel as mien Janbimi. Ick heff twoors kien Tung as se, un nich mol so een as Einstein, mien Tung is normol lang. Dat lang overs.
 Maike weer gemein to mi, weer ick nich beter to ehr. Maike weer erogen vonaf ehr Kneen. Dor füng mien Tungenreis an. Un denn ook Zentimeter för Zentimeter, ook af un an mol 'n beten wedder retour, un denn flutsch no boben, overs nich to wiet, denn sacht döör de Haar, över de Prairie, un denn suutje langs den Canyon. Blots noch nich afduken! Ganz

langsam von boben dool. De Tung nu stipp-stipp-stipp up Maike ehrn Tickel-mi dippen. Nu wat faster, sachte dreihen, un dat duur nich lang … aaahhh … pingeling.

Nu weer ook för Maike eerstmool Auszeit.

Janbimi harr sick 'n beten afreegt. Mien Tung nich. Se fohr hooch, hook sick in den Buuknovel fast – hier weer Maike kiddelig – denn de hogen Bargen von ehrn Achtersten hooch un wedder dool, denn achtern den Rüch langs, de Schullern un denn den Hals. Maike harr jümmers korte Hoor.

Dat mien Hals free is un du em küssen kannst, sä se.

Genußsüchtig, as ick al sä. Vörn gleed mien Tung denn wedder no unnen. Ehr Bussen! Hmmhh. Wat för lecker Rundstücken weern dat. Un de Nupsies! Wenn mien Tung dree-, veermol den Hoffgang mookt harr, denn keken se piel herut. Un nu wurd dat Tiet, de Reis wedder no unnen to moken. Kannst' Muschi doch nich töven loten. Ehr Tickel-mi keek al rut, mien Tung stippel-dippel kort, un denn duuk se ünner in de Canyon, de natt weer as een Swamm. Dreemol up un dool – aaahhh – al wedder pingeling.

Meist wull Maike nu wedder ehr Tungspill anfangen, doch Janbimi stund de Sinn no de Muschi. Un bold sä dat ook bi em pingeling.

Einstein keek us to. Un ick keek em an. Ick bün seker, he hett doch wußt, worto so 'n lange Tung allens goot is.

Eine Nacht voller Seligkeit

Maike weer Krankenswester, Krankenhuus St. Georg. Se wohn in een lütt Zimmer in dat Swesterwohnheim in de Schweimlerstroot. Dat sünd ja Locker! Un dat Bett weer natürlich veel to small. 80 cm. Dor beschickst du nix up. Un denn weer dat ut Iesen, een Quietschding Marke Liebestöter.

Maike hett sick dorum een Luftmatratz köfft, een övergrode. De muß ick jümmers uppuusten.

Gemeinheit, Erpressung.

Du mußt ja nich blosen, sä se denn.

Nee, dat deist du. Ick schall blots puusten.

In dit Swesterwohnheim weern de Wände nich to dick, höchstens een halven Steen. Wenn sick nebenan Gaby un ehr Helmut dat Strieden kregen, denn kunnen wi dat höörn.

Boben över Maike wohn Susanne. De leet jümmers wat fallen. Gräsig. An een ganz normolen Ovend fullt ehr so dree- bit veermol wat ut de Hand. Een Glas: peng. Een Book: bumms. Een Blomenpott: ramms. Arme Deern.

Wi verjogen us jedesmol up us övergrode Dubbelluftmatratz. Ick bün dor düchtig sensibel. Janbimi güng jümmers een Stück in de Knee, wenn dat boben knallen dee. Maike muss denn al een flotten Tungenslag anleggen, ehr dat he wedder to Gang keem.

Schön weer dat, wenn ick keem un Maike sä:
Susanne hett disse Week Nachtwache.
Dat weer so as fröher tohuus »sturmfreie Bude«.
Nu kunn dat ja losgohn mit de Leevde, denkt ji.
Fleutjepiepen.

Wenn wi höörn kunnen, dat Helmut un Gaby Krach harrn, dennso kunnen se natürlich ook höörn, wenn wi beiden bumsfidel weern. Un dat wullen wi nich. Alleen al dorum nich, wieldat Maike, wenn dat up 't Letzte güng, jümmers so dat Stöhnen kreeg. Meist so as de junge Monica Seles bi't Tennis.

Wat schullen wi nu moken? Musik, is ja klor. Maike lä denn een Platte up un stell dat Radio halv luut, halv liesen an. Nebenan schullen se nich stöört warrn, un Maike ehr Stöhnen schull in de Musik ünnergohn. Se höör to de Tiet an'n leevsten de ole LP von Leonard Cohen mit Suzanne.

*– And she lets the river answer
that you've always been her lover.*

Schön. Cohen höör ick ook geern. Schiet weer blots, de eerste Plattensiet duur noch nich mol twintig Minuten. Knack, Cohen weer vörbi, bi us weer 't overs noch nich vörbi. Gegendeel. Wi weern no twintig Minuten eerst so recht in Fohrt komen. Bi us weer Tie-

Break. Dat güng nu Slag up Slag. Erregende Ballwechsel. Un wenn denn upmol de Musik ut weer, denn keem Maike ehr Stöhnen mi so luut vör, dat ick meen, nu bummert dor seker glieks een gegen de Wand oder Susanne lett boben de gröttste Blomenvoos fallen, de se hett. Doch nee, de harr jo Nachtwache.

Wi brochen denn dit Spill so recht un slecht achter us. Un ick heff seggt:

Morgen leggst du overs 'n anner Platte up, een, de tomindst 25 Minuten hett.

Afmookt.

Annern Ovend, Susanne weer jümmers noch in de Wache, harr Maike een feine Schiev utsöcht: *Hits von gestern*. Seite 1, Totalzeit 32,35 Minuten. Herrlich. Dor kunnen wi us Tiet loten. Dat füng bi 't Uttrecken an mit *Wenn meine Frau sich auszieht*, denn kemen *Die Beine der Dolores* un ick beet Maike in de Wode. Sachte, versteiht sick. As denn de *Babysitter-Boogie* keem, dor heff ick gau noch froogt, of se ehr Pill ook nohmen harr den Morgen. Harr se. Nu kunn dat also schön warrn, richtig schön. *Schöner fremder Mann, du bist gut zu mir*. Seker weer ick goot to ehr, frömd overs, dat weer ick för ehr al lang nich mehr. Un schön? Wi harrn jümmers so'n Schummerlicht an. *Kriminaltango, in der Taverne …* Maike ehr Tung mook mi verrückt. As dat in dat Leed knallen dee, pingel dat ook bi Maike to'n eersten Mol. Ick keem so recht in Fohrt, as Marika Rökk sung: *Für eine Nacht voller Seligkeit, da geb ich alles hin …* Doch do pas-

seer dat Mallör. As de Steed keem: *Doch ich verschenk mein Herz nur dann, wenn ick in Stimmung bin ...*, an disse Stee, dor harr de Platte een Sprung, dor hook dat up eenmol:
– *wenn ich in Stimm* –
– *wenn ich in Stimm* –
– *wenn ich in Stimm* –
O Gott nee!
– *wenn ich in Stimm* –
– *wenn ich in Stimm* –
Nee! Dat hool ick nich ut! Dat hool ick nich ut!
– *wenn ich in Stimm* –
Ick toog Janbimi sachen rut.
– *wenn ich in Stimm* –
Mien Stimmung weer in'n Mors. Totol.
– *wenn ich i* –
Knack! Ut. Ende. Fini. Finish. Kien Lust mehr. To nix.

Och, loot us doch nochmol ...

Nee, nu nich. Mol sehn. Loterhen vielleicht. Deit mi leed. Ick bün dor so'n beten sensibel.

Natürlich hefft wi in disse Nacht nich blots so rümlegen up Maike ehr övergrode Dubbeluftmatratz. Maike harr för den tweden Satz een Cassette upleggt. *Greatest hits of American Folksingers.* Se wuß, wat ick much, wat mi kiddel. *Rocky Mountains high ...* Hmmh. Schöne ole Bumsmusik. Un dat von een Cassette, de tomindst 35 Minuten löppt.

Un Cassetten, de hefft kien Sprung, dat steiht fast.

The purple rose of Abaton

Ick goh nich geern alleen in't Kino. Dor so för di to sitten, dat is nix för mi. An'n leevsten goh ick mit Marlene. Achterher noch up een Glas Wien to Monika in't *Villon*, allens nochmol so dörsnacken, dat is denn een schönen Ovend wesen.

Un wenn de Film so recht no us Smack is, wenn dor also een poor feine scharpe Szenen in sünd, denn möötick Marlene eerst recht dorbi hebben. Ward dat knakkig, denn nehm ick ehr Hand un biet dor rin. Sacht natürlich. Is *se* antörnt dör den Striepen, denn mookt se dat bi mi just so. Un achterher, na ja, mol kieken.

Denk blots mol an *1900 Deel I*. Mit Gérard Départdieu. Marlene ehr Schwarm. As de smucke Gérard sien Fründin ünnern Rock krupen un ehr groot Pläseer moken deit, also, dat güng us beide dör un dör.

Oder denk mol an *Is' was, Doc?* Barbra Streisand un Ryan O'Neill. Se is ja achter em an as de Düwel achter de arme Seel, un denn an'n Enn, dor markt he dat ja endlich, un denn is allens klor. Se hett em endlich dor, wo de Leevde henmööt. Herrlich.

Wi sünd no dissen Film nich mehr bi Monika inkehrt. Up den korsten Weg no Huus güng dat.

Doch eenmol muß ick alleen in't Kino gohn, denn an de Uni weer Frauenwoche. Dor dröövt de Mannslü ja nich mit rin. Ick heff mi denn in't *Abaton* sett. Achterher wullen wi us denn in't *Bistro* dropen.

Ick kiek nich lang, wat up't Plakot steiht. Ick goh eenfach rin.

Un wat gifft't? *9 1/2 Weken*. Kim Basinger un Mickey Rourke. Mickey, de gefallt mi nich. Dat is doch een Bubi-Yuppie. Un sien Stoppelbort, de helpt em ook nich. Oop blifft Oop, un de poor Hoor in sien Baby-Face, de mookt em nich to'n Keerl.

Doch Kim, de, de hett watt, de hett allens. Nich blots een Klasse Figur – klor, anners harr se disse Rull nich kregen – nee, Kim, de törnt mi an, disse Fro, de mööt sick ook nich eerst uttrecken, Gegendeel, bi Kim springt foors wat röver, nich blots ehr Gang, nich alleen ehr Hoor, nee, bi Kim sünd dat de Ogen. De OgendeOgendeOgen. Ick kann mi nich losrieten von ehr Ogen. Nee, Kim, de kickt nich so Millerlüstern as Marilyn Monroe mit ehr droomverhangen Sloopzimmerogen un ook nich so Hamilton-naiv as Jane Birkin. Kim ehr Ogen, dor kann ick stunnenlang rinkieken, de vertellt von dat Leven, von de Leev, von de Dood. Mickey Rourke, de höllt disse Ogen nich ut, dorüm mööt Kim se ook jümmers dichtkniepen oder tobinnen. He stoppt ehr lecker Eten in'n Mund, anners wat hett he ehr nich to beden. Un denn siene blöden, perversen Wat-kümmt-nu-woll-Spele. Dat is't all. Von mol to mol ward dat ekeliger mit em.

Ick seh blots ehr Ogen. Jümmerto seh ick de. Kim mööt dat markt hebben, denn upmol is mi, as keek se retour. Een korten Ogenslag blots, doch dat hett mi in't Binnerste dropen. Un denn kümmt de Szene mit de beide Halunken, de se wegjoogt, wiel Kim den enen dat Mest in den Mors rammt, un se denn ünnen an de Trepp stoht, wo dat Woter doolpulscht, wo de Regen doolprasselt, wo dat Licht de Trepp to'n Schemern bringt, wo he ehr mol wedder mit Gewalt uttreckt, he behöllt natürlich sien Plünnen an, un he ehr denn nimmt, un wo se denn upmol den Kopp no achtern smitt un liek in de Kamera kieken deiht … dor … dor blifft upmol dat Bild för een Ogenblick stohn, ganz kort blots, doch denn passeert dat wedder: se kickt mi in de Ogen, ehr Ogen doot sick open, wiet open, wi kiekt us an, mien Hart sleit upmol gauer, ick will wat seggen, Kim will ick seggen, Kim … doch dor löppt de Film ook al wieder. De Regen, dat Licht, un denn een neje Szene.

Ick kiek üm mi to. Nüms in't *Abaton* hett markt, dat se mi ehr Ogen geven hett. Blots ick. Se hett dat blots för mi doon.

FörmiFörmiFörmi.

Schall ick nich lever rutgohn? Ick sitt an de Butenkant. Mit dree Schreed kann ick dat licht schaffen. Dat markt kieneen.

Ick bliev.

De Film löppt wieder.

Un denn *de* Szene. De CD ward rinschoven. Rockmusik sett in. Dada – da-da.

Un denn Joe Cocker:
Baby, take off your coat
real slow
Kim steiht achter de Jalousie. Dat Licht schient von achtern. Kim swart up witt.

Baby, take off your shoes
I'll take off your shoes.
Kim mookt een Strip. De Musik geiht ehr in't Bloot. Mickey mööt sick 'n Zigarett anstecken. Bääh. Stinkeree.

Kim leggt een Strip hen. Se kickt dör de Jalousie.

Baby, take off your dress
yes, yes, yes
Se treckt ehr swart Kleed ut, se danzt, ehr Körper tekent sick gegen dat Licht scharp af. Se smitt de Hoor in'n Nacken. Ehr Arms speelt weke Figuren in de Luft. Se lacht. In't *Abaton* sitt ick in de eerste Reeg.

You can leave your hat on
You can leave your hat on
Se dreiht sick wieder. Ehr Kleed flüggt weg. Se danzt in ehr sieden Negligé. Se sweevt in de Köök rin. Se grippt den Telephonhörer, se dreiht sick dat Kabel üm't Liev.

You give me reason to live
you give me reason to live
you give me reason to live

you give me reason to live
Se leggt den Telephonhörer an't Ohr, se lacht in de Muschel rin, se röppt wat, se singt mit Joe Cocker:
you give me reason to live
Un dor passeert dat, dor, dor stuukt upmol de Film, as Kim den Hörer an't Ohr hett un lacht, dor steiht dat Bild up de Leinwand, nix is mehr to höörn, Joe Cocker nich, kien Mucks, allens is still, un Kim steiht dor un röögt sick ook nich, doch upmol hör ick een Stimm:
Psst.
Ick kiek üm mi to. De Tokiekers sitt in ehr Stöhl as weern se ut Steen.
Psst.
All stiert se no vörn, up de Leinwand.
Psst.
Nu mark ick dat. Kim is dat. Se röppt mi.
Koom her, seggt se.
Ick stoh langsom von mien Stohl up – ick sitt ja Gottloff an de Butenkant – un denn loop ick no vörn, no de Leinwand to. Dat Bild steiht jümmers noch.
Koom gau, seggt se.
Un denn stieg ick ook al no boben, up de Bühne. De Tokiekers sitt as fastwussen up ehr Stöhl.
Gau. Koom.
Ick griep ehr Hand – un se is lebennig. Se lacht. Ick stoh mit ehr in de Köök von dissen blöden Mickey Rourke, de ook as ut Steen is, nee, as ut Ies, un de jümmers noch in de Eck sitt un dösig grient. Sien Zi-

garett hett he twüschen de Fingers. De nehm ick em lever weg. Anners verbrennt he sick noch un wookt up. Ick nehm Kim in'n Arm un kiek ehr in de Ogen. Ick will ehr küssen, doch se seggt:

Loot us gau utneihen, anners löppt de Film noch wieder, un denn ...

Klor, segg ick.

Se treckt sick fix wedder an. Wi loopt de Trepp dool. Wi sünd up de Stroot. Se winkt een Taxi.

Dat möößt du betohlen, segg ick. Dollars heff ick nich. Ick kunn ja nich ohnen, dat ick so gau no New York keem.

Se lacht. Ick kiek ehr wedder in de Ogen. Von New York seh ick nix. Ick will ehr küssen, doch wi sünd al bi ehr Appartement. 22 Dollar kost de Tour.

Na ja, segg ick noch, jo Geld weer fröher ook al mol mehr weert.

Wi bentert de Treppen hooch. Ehr Wohnung. Ook bi ehr hangt dat Telephon in de Köök. Typisch amerikanisch.

Wullt 'n Kaffe oder lever wat Scharps?

Lever wat Scharps, segg ick.

Se tippt mi mit ehrn Finger an de Nees. Ick hool ehr fast. Nich mit Gewalt. Ick kiek ehr in de Ogen. Nee, nich: Ick schaue dir in die Augen, Kleines. Kim is nich *Kleines*, un ick bün nich Humphrey Bogart.

Se leggt een Schallplatte up. Nich Joe Cocker. Vivaldi.

Ick mööt di wat frogen, Kim.

Na, wat hest denn?

In een Zeitung, dat weer das ZEIT-Magazin, gloov ick ...

Time-magazine?

Nee, in dat düütsche Time ... äh, ZEIT-Magazin, dor stünd wat von di. Du schaßt seggt hebben: Mickey Rourke to küssen, dat is meist so erotisch as wenn een 'n Aschbeker küssen mööt. Stimmt dat?

Dat stimmt. Dat heff ick seggt, un dat is ook so ...

Heff ick mi dacht, ick kunn em foors nich utstohn, as de Film anfüng al nich, de weer mi to ...

Se kümmt mit den Whisky.

Ick seh ehr Bett. Een breet Bett. Ick nehm ehr bi de Hand un treck ehr dor langsom hen. Ehr Ogen, ick kiek wedder in ehr Ogen, ick will ehr küssen, ick foot ehr mit beide Hannen an de Schullern ...

Kim, segg ick, Kim ... Kim ...

Upmol stött mi een mit'n Ellenbogen sacht in de Siet.

Kim, segg ick liesen, Kim ...

Psst.

Ick kiek üm mi to.

De Keerl gegen mit in't *Abaton* leggt den Finger up sien Lippen.

Psst, seggt he.

No'n knappe halve Stünn töven in't *Abaton-Bistro* is Marlene ook wedder dor. Een Dia-Vördrag: *Klitoris-*

Selbstuntersuchung harr se sick ankeken. Achterher Diskussion.

Un du?

Och, so'n Film mit Kim Basinger un Mickey Rourke...

9 ½ Weken?

Ja.

Hett he di gefullen?

Och geiht so.

As wi rutgungen, sä ick noch so:

Segg mol, Marlene, worüm hangt bi us dat Telephon egentlich nich in de Köök?

Achterher

Achterher, wenn se boben leeg, sünd wi eenfach liggen bleven. Ohn wat to snacken. Eenfach so. Ganz sinnig wurd de Oten sachter. Allens wurd wedder week. Se harr denn ehrn Kopp up mien Bustkassen leggt. Ick strokel ehr Hoor. Wi harrn jümmers Musik an. Musik un Leev höört tohoop.

Moody Blues: *Ride ... ride my see-saw ... take this place, just for me ...*

Eenmol hett sogor de Moond to 't Finster rinschient.

Kiek mol, heff ick do seggt. De Moond.

Ja, sä se. As in een Kitschfilm.

Achterher hefft wi Sekt drunken. Un wedder Musik höört. Drögen Sekt un Rockmusik.

De Doors: *Riders on the storm ... there's a killer on the run.* Se seet denn gegen mi un af un an speel se mit mien Pillermann.

Dat riemt sick, sä ick.

Sekt drunken wi, wenn wi Spooß up een twede Tour harrn. Sekt bringt di wedder in de Gangen.

Achterher, sä se, heff ick jümmers Lust, di uptofreten.

Bi twede Mol geev jümmers se den Ton an. Dat twede Mol weer ganz anners. Dor duur dat bi mi länger, bit ick up Touren keem. Anners bi ehr. Se harr grode Lust. Ehr broch de eerste Tour jümmers so recht in Fohrt. Ehr Hand, ehr Tung, ehr Mund: se speel mi op. Utduur harr se, un se hölp Janbimi wedder up de Been, up sien een Been. Se kneep em sacht un pack em fast, se ei em, lick em, un so keem he wedder hoch. Se wies em den Weg un broch em bi sick ünner, in sien warm Bett. Se mook dat Tempo, den Takt.

Un nu ... un ja ... un ahhh ... pass up, glieks, nu kümmt, ganz von binnen rut, nu – ja, nu!

Dor weer 't sowict, Tucken, Muskeln spannt sick, dat löppt ut us rut, Huut up Huut, Sweet up Sweet, Warmte up Warmte, sacht utklingen loten, noch eenmol spannen, denn so blieven. Liggenblieven, so, sick nich mehr rögen. Sachten de Mödigkeit komen loten, allens affallen loten, swoor warrn, Ogen tomoken, utoten. An'n leefsten inslopen, röverfallen in een Droom.

Nights in white satin, never meaning to end.

Achterher – schön, dat 't dat gifft: achterher ...

Ick pack ut

Tant Olga mit dat Taschendook

Weet Ji, wat ick up'n Dood nich utstohn kann? Froonslü, de jümmers 'n Taschendook in de Hand hefft. Ekelhaft find ick dat. De een kann ohn sien Brill nich to – klor, wegen dat Kieken, de anner kann dat Smöken nich loten. Nich so goot. Kann ick overs verstohn. Doch Froonslü mit'n Taschendook, dor kann'k nich gegenan.

Mien Tant Olga weer ook een von disse Froonslü. Se wohn wiet weg in'n anner Stadt un so kreeg ick ehr nich foken to sehn, man wenn t. B. Opa Geburtsdag harr, denn weer Tant Olga natüürlich ook dor. Wenn ick ehr al seeg, weer för mi de Dag lopen. Mudder denn jümmers to mi: »So, nu goh fein hen un segg Tant Olga Goden Dag.« »Goden Dag, Tant Olga.« Nee, dat lang nich. »Goh oortig hen un geev ehr de Hand.« Wat schull ick moken? »Goden Tag, Tant Ol...« un denn greep ick al in dit Taschendook. Dat Worgen wull mi jümmers komen. Dit Taschendook, dat weer döörsweet, vullsnoben, kruusgrabbelt, harr kien Facon mehr, weer gries un grau un – wat ick domols noch nich wuß – seker över un över vull mit Bakterien von de övelste Oort. Pfui Deibel!

Doch Tant Olga kunn ohn dit Taschendook nix moken. Disch up- un afdecken, Koffie inschenken, Koken up de Tellers doon, allens mit ehr Taschendook in de Hand. Meist klemm se dat so twüschen den lüttjen un den Ringfinger, un dor hung dat denn as so'n lütte Fohn. Wenn dat denn partout nich anners gung, denn steek se dat Dook in de Mau, den Ärmel von ehr Strickjack. Tant Olga höör to de Tanten, de jümmers so'n Strickjack anharrn. Beigfarben mit Perlmuttknööp. Slicht strickt, höchstens so'n Oort Zopfmuster weer andüüdt. In 'n ganzen overs: slicht.

Harr se bi Pennigmeyer för 23,90 kofft. Foors twee Stück, »keen weet, of se de anner Johr noch hefft«. Dat weer ehr Woort. Un denn dat Taschendook in de Mau, wo dat een Bulen geev. Beigfarben Mau mit'n Bulen. Darto Perlmuttknööp. Nu weet ick ook, dat't fröher to'n goden Toon höör, dat Taschendook, von de Danzstünn t. B., wenn de jungen Deerns upmol de Hannen natt wurrn usw., dat se denn gau wischen kunnen. Un denn natüürlich ook för de Nees, för den Druppen, de dor an hang, dat se den man gau wegwischen kunnen. Man mien Tant harr kien Druppen unner de Nees. Un ehr Afdanz weer als vör 50 Johr ween. Se harr ehr Dook bloots ut Gewohnheit. Un dat hett mi argert.

Un dorüm heff ick ehr dat wegnohmen, ja eenfach so. Denn eenmol harr se sick dör dummen Tofall

Koffie up ehr beigfarbene Pennigmeyer Strickjack kippt un muß de uttrecken. Un dorbi hett se för'n Ogenblick dat Taschendook ut de Hand leggt. Zack! Ick heff dat gau nohmen un denn – in'n Kökenheerd smeten. Hett prima brennt. Dor weer wat los.

»Wo is denn bloots mien Dook bleven?« Dat harr ehr Dochder ehr to Wiehnachten häkelt un all sowat. Weg weer't. Man dat hulp mi nix. Jichenseen hett ehr denn 'n Papiertaschendook geven, un as wi 's ovends all tschüüs seggen mussen, dor heff ick in so een afgrabbelt, vullsweet un vullsnottert Papierdook grepen. Mann! Dat weer noch ekelhaftiger as dat Stoffdook. »Tschüüs, Tant Olga.«

'n paar Weken loter is Tant Olga denn dootbleven. Krebs. Un do hett mi dat richtig 'n beten leed doon, mit dat Taschendook. Dor hett se sick doch düchtig över upregt. Doch wat schull ick moken? Ick kann nu mol nich utstohn, wenn Froonslü jümmers 'n Taschendook in de Hand hefft.

Ökelnomens

Wat Ökelnomens sünd, dat weet ji seker. Mien Nover t. B., de heet »Een-Been-Meier«. Een Been hett he in'n Krieg loten. Dat is woll hart, so een Ökelnoom, stimmen deit't overs ja. Poor Döörn wieder wohnt een, de is söven Johr mit'n Bäckersdeern verloovt ween. Se wull em woll hebben, blots he wuß nich so recht. Dor harr he sien Ökelnoom weg: he weer de »Makronenhingst«.

Wi mööt bloots jümmers goot uppassen, dat he dat nich to höörn kriggt, denn ward he füünsch. Ook disse Ökelnoom: hart, overs gerecht. So recht gediegen is dat mit den Ökelnoom vun den olen Heini. Von em snackt all blots as »Heini-Mettwust«. Lang heff ick meent, dat leegt dor an, wiel he so geern Mettwust eten deit. Un dorum hefft wi em eenmol to Wiehnachten 'n grode Mettwust schunken, rein Swienfleesch, lecker dörrökert. Hmm. As he de Wust seeg, dor hett he upmol 'n ganz roden Kopp kregen, hett no Luft japst un hett schreet: »Mook, dat Du 'n Dreih kriggst! Ruut mit Di.

So wat Utverschoomts! Mi Wiehnachten so to verdarven!«

Bün ick denn mit mien Wust aftrocken. De hefft wi sülvst upeten, ook wenn Swienfleesch ja nich so gesund ween schall – ward seggt.

Ick wull ja nu overs doch weten, wat mit Heini loos weer un heff rümfroogt. Un nu weet ick, worüm he Heini-Mettwust heet. Vör 'n poor Jahr hett he mol in een Koophuus een Mettwust mitgohn loten. Een dikken Mantel harr he sick antrocken un denn jümmers so vör den Wuststand rümluurt. 'n beten hen un her keken un denn mit'n Swuppdi hett he sick een Wust grepen un hett de in de Mau von sien Mantel glieden loten. Dat hett he overs goot mookt. De Wust is em över den Ellenbogen wegrüüscht. Nu kunn he den Arm nich mehr inknicken. Un doolhangen loten kunn he em ja ook nich. Denn weer de Wust ja rutfullen. Eerst wull he de Hand in de Manteltasch steken. Dat gung overs ook nich. De Wust weer to lang. De ool Gierhals hett natüürlich foors no de dickste un längste grapscht. Do muß he den Arm so mall no de Siet holen. Dor hefft se em froogt, of he woll so Oort Ramm in den Arm harr oder of he henfullen weer. Een, de em kennt hett, hett glieks seggt: »Na, Heini, hest den Arm in Gips?« Dat mutt famoos utsehn hebben. An'e Kass hett em denn een von de Koophuuslü al upluurt un an de Siet nohmen. Un do keem de Mettwust ook wedder to'n Vörschien. Dat wurd natüürlich in de Stroot achter de Hand wiedervertellt un so hett he sien Ökelnoom wegkregen: Heini-Mettwust. Klor, dat he den nich höörn mag un de Aftiet up Mettwust em vergohn is. Overs so is dat Leven: hart, overs gerecht.

De eerste Leev

Wo foken is dor al över sungen wurrn un woveel schöne Gedichten hefft Minschen schreven över de eerste Leev. Dat verstoh ick nich. Bi de meersten jungen Lü geiht de eerste Leev doch in'n Mors, d. h. kuum een heiroot doch sien eerste Bruut oder sien eersten lütten Brögam. Meist is een denn ja noch veel to jung un gröön achter de Ohren. Un wat is dat för een Pien un Smart, wenn 't denn upmol ut is. Se hett 'n annern, he hett annersene. Vörbi. Un dat deiht weh in'n Buuk. Weet doch jedereen noch genau. Liekers ward jümmers so dor över snackt, as weer de eerste Leev de schönste. Quatsch.

Mien eerste Leev, dat weer Sabine Puttfarken. Ick weer föffteihn, se een Johr jünger. Gott, wat weer ick upgeregt. Kunn natüürlich 's nachts kuum slopen un heff blots jümmer an ehr dacht. Un denn weer't no 'n poor Doog ut. Dor hett se mi eenfach nich mehr ankeken. Un snacken wull se ook nich mehr mit mi. Goot. Nee, nich goot. Bün ick overs över weg komen.

Man wenn di dat packt hett, denn markt de annern dat un du warst froogt, schaßt vertellen, un solang allens klor is un de Leev noch leeft, mookt een dat ja ook – mit Moten. Doch wenn't ut is, denn schall't ja ook ut ween. Overs bi us in de Familie gifft dat ja Unkel Jan, de allens weet un allens kann. Un de hett sick dor jümmers 'n Spooß ut mookt, mi to targen un mi uptotrecken.

»Segg mol, wat mookt egentlich Sabine Puttfarken? De heff ick ja lang nich sehn.« Ick heff blots so'n beten gnurrt. »Geiht ehr dat nich goot? Schusst ehr mol wedder besöken. Dat is doch so'n nette Deern.«

Oh, wat harr ick denn al för'n Wut in'n Buuk.

»'k heff letzt noch mit ehrn Vadder snackt. Du weeßt doch, Puttfarkens hefft twee Hüüs in de Grenzstroot. De stoht sick goot. Dat is'n gode Partie. Un Sabine is so'ne feine lütte Bruut för Di …«

Wenn Unkel Jan sowiet weer, denn weer ick kort vör't Blarren oder kort vör'n Moord. Echt wohr. Wenn he mi so triezt hett, denn kunn ick mi vergeten.

»Is ja schood, dat't mit jo beiden nu ut is. Hest Du Sluss mookt oder se? Hmmh?« Ook dat noch. Dat weer ja just de slimmste Froog, de he mi stellen kunn. Ick oder se? Dor schall di nu wat up infallen. – Mi is wat infullen. »Se hett Sluss mookt«, heff ick seggt un de Tronen för Gewalt doolworgt.

»So, se? Harr woll'n annern.«

»Nee, harr se nich. Overs se wull nich in een Familie rinheiroten, de socke charakterlichen Nieten rutbrocht hett as du een büst, hett se seggt.«

»Waaaat?«

»Dor heff ick seggt, dat kunn ick goot verstohn, un so sünd wi as gode Frünnen ut'nannergohn.«

Dormit weer dat Thema eerste Leev un Sabine Puttfarken von'n Disch. In mien Buuk hett dat natüürlich noch lang seten. Af un an spöör ick dat vondoog noch, wenn so schön sungen ward dorvon un wenn ick Gedichten dor över höör. Denn deit mi dat noch'n lütt beten weh, ook wenn ick dat letzte Woort gegen Unkel Jan beholen heff.

Ernst und Frohsinn

Annerletzt heff ick up'n Böhn uprüümt. Wat sick in so ole Kartons al finnen deit! Mien eerste Mundharmonika t. B. Harr ick to mien 5. Geburtstag kregen, 's morgens, al foors no't Upwoken, 's ovends harr Mudder ehr denn »konfisziert«. Ick kunn ja noch nich spelen un heff jümmers blots rinpuust un rutsogen: Hehhh-hehhh. Dat is ehr up de Nerven gohn, un weg weer mien Mundharmonika. Vielleicht heff ick dorum bit vondoog kien Instrument lehren kunnt. Ick heff wohl – unbewußt – jümmers Angst hadd, Mudder kümmt, un nimmt di't wedder weg. Dat gifft 't.

Overs denn heff ick up'n Böhn noch ganz wat anners funnen: mien eersten Leevsbreef – nich afschickt. Gott, Sabine Puttfarken, mit ehr weer dat ehrder ut as ick den Breef klor harr. »Meine liebe Sabine, hast du heute um 3 Uhr Zeit? Ich lade Dich zum Eisessen ein ...« Dat harr mien ganze Taschengeld von ene Week kost. Is ja nix von wurrn.

Doch denn heff ick noch wat funnen: *Ernst und*

Frohsinn, Ein Lesebuch für das 5. und 6. Schuljahr. Westermann-Verlag. Un dor heff ick in blodert, un do keem ook al dat Besinnen up de Gedichten, de wi butenkopps herseggen mussen. »Hoffnung« von Emmanuel Geibel: »Blast nur ihr Stürme, blast mit Macht! Mir soll darob nicht bangen ...« Dit *darob* heff ick överhaupt nich verstohn. Ick heff jümmers meent, dat muß heten: daroben, un dat dor nu de leve Gott snacken deit, daroben, overs worum schull de bang ween? De kunn un wuß doch alles, dat harr ick in de Religionsstünn lehrt.

Un denn keem Goethe sien Gedicht: »Ich ging im Walde / so für mich hin, / und nichts zu suchen, / das war mein Sinn«. In dit Gedicht will us Goethe ja vertellen, wi schullen kien Blomen afplucken, dat höör sick nich. So'n Bloom will ook leven. Dor heff ick jümmers an Vadder bi dacht, de mit de Seis Gras för de Kaninken afmeihen un natüürlich de Hunneblomen nich schonen dee. De groov he nich ut as Goethe un plant de an een anner Stee wedder in. Na ja, Goethe harr ja ook woll kien Kaninken.

Un denn weer dor noch een Gedicht ... Man ... wenn ick dor an denken do: »Sorgen, das sind schlimme Gäste / lieben zähe, sitzen feste ...«.

Un de Schoolmester froog: »Was will uns der Dichter damit sagen? Könnt ihr euch darunter etwas vorstellen?« Wi harrn ja 'n Weertshuus, un ick kunn mi wat vörstellen. Finger also hooch. »Ja, Gerd.« »Ja, bi us in'n Kroog, dor blievt de wecke Gäste jümmers veel to lang sitten, bit in de Nacht rin, dat sind die schlimmen Gäste un Vadder seggt ook jümmers, de kemen mit ehrn Mors nich hooch …« »Setzen. Fünf!« Baff. 'n Fief. 'n Fief. Un dorbi harr ick blots vertellt, wat Vadder jümmers … Gemeinheit! Ungerecht!

's Ovends kreeg ick mit, worum de Schoolmeister so vergrellt weer. He sülvst harr den Ovend vörher bi us bit Klock twee seten un harr nich no Huus henfunnen un wull natüürlich nich, dat ick dat nu vör all de annern Kinner vertellen dee. Un ick kreeg nich blots 'n Fief, nee, ook noch 'n Stroofarbeit. Ick muß een Gedicht von Christian Morgenstern lehren un dat den annern Dag vör de Klass upseggen:

> Sieh nicht, was andere tun,
> der andern sind so viel,
> du kommst nur in ein Spiel,
> das nimmermehr wird ruhn.

»… eine unerbittliche Waage«

In een ool Lesebook von mi stund vörn in de Satz: *Das Leben ist in jedem Augenblick eine unerbittliche Waage.* Dor kunn ick nix mit anfangen, as Kind. Doch nu, nu ward mi bi lüttjen klor, wat dormit meent is. Denn upstunns meent dat Leben dat foken ganz hart mit mi.

T. B. letzte Week. Ick sitt mit mien Fro in een Lokool, 's ovends, to 'n Eten. As ick mol even rut mööt för lüttje Jungs, liggt dor up dat Waschbeken een Portemonnaie. Kiek, denk ick, hett hier een liggen laten. Un denn nehm ick dat ook al un kiek dor rin. Logisch. Hunnert Mark. Un ook een Personolutwies. Un den Keerl kenn ick, de sitt ja bi us an'n Nevendisch. Ick steek also dat Portemonnaie in – un – nee, ick geev em dat nich batz retour. Ick will dor ook wat von hebben. Nee, ick tööv bit dat he betohlen will – un denn – he is an't Söken und kloppt jümmers wedder sien Taschen af un sien Fro ward ook al ganz jibbelig – »Hier«, segg ick do – »heff ick just even funnen, up't Waschbecken.«

»Oh, Mann, ja velen Dank«, seggt he. Wünscht us noch een schönen Dag, betohlt – sien Kroom natürlich blots – un weg is he.

Na ja, loot em.

Denn – 'n poor Doog loter – stellt mi dat Leven wedder een Fall. Kien Portemonnaie, nee, de Postbüdel kümmt bi mi an de Döör. Een Geldanwiesung. 250 Mark. Un denn geiht dat mit Ünnerschrieven hier un Kugelschriever dor un hier is dat Geld un denn heff ick upmool 350 Mark in de Hand. Tja, wedder 100 Mark toveel. Wat nu? Na ja, ick heff ja fröher ook mol bi de Post arbeit un ick weet, wat een dor för Scherereen mit hett, wenn een dat anmellen deit – hunnert Mark to minn. Un dorum heff ick em de retourgeven. So von Kolleeg to Kolleeg.

Doch vörgüstern. In so een Koophuus. Wi mussen een nejen Fernseher hebben. 1100 Mark. Un wat will dat Schicksool – ick stell een Scheck ut un de Kassiererin is woll nich so recht bi de Sook, na ja, de Scheckkoort vörwiesen un de Nummer verglieken un denn de Ünnerschrift un denn: »Hier sünd de Papiern un dor achtern köönt se sick ehr Smuckstück afholen.«

Un as ick denn de Papieren uteenannersortieren do – is de Scheck dorbi. Mank mien Garantie un den Leverschien. 1100 Mark. Ja, du harrst em natüürlich foors wedder henbrocht un allens upklärt un harrst noch lacht un di freut över dat freudige Gesicht von de Kassiererin, de dat ja so swoor hefft up ehrn Posten ... Tja. Ick bün eerstigmol in de Photoafdelung gohn un heff för söß Mark een Film köfft, heff betohlt un so ganz nebenbi froogt: »Wenn dor nu mol wat fehlt in ehre Kass, leve Fro, wat is denn...?« »Wi sünd versekert, is doch klor.« Tja, versekert sünd se.

Das Leben ist in jedem Augenblick eine unerbittliche Waage, dat stund in mien ool Leesbook – doch wo foken sleit de Waag no de verkehrte Siet ut.

Magda

Magda weer een Deern ut miene Klass. Overs Magda weer jümmers blots »Och Magda«. Magda de fullt, mööt ji weten, överhaupt nich up. Sowat gifft't ja. Minschen de dor sünd un de doch nüms süht. Magda weer so een Deern. »Och Magda«, säen wi blots, wenn wi ehr mol wedder vergeten harrn – wenn se Geburtsdag harr, t. B. De Schoolmesters ook. Von jedeneen wurd de Geburtsdag fiert – sogor von den langen Piepmeier, den nüms utstohn kunn, wiel he sittenbleven weer un dat nich togeven wull, sogor bi den langen Piepmeier geef dat Bontjes. Bi Magda nich. An de ehrn Geburtsdag hett nüms dacht. Un Magda hett dat ook nüms vertellt. Dor güng ja 's nomiddoogs doch kien een no ehr hen. Wi wussen ja nich mol, wo de wohnen dee.

Mol harrn wi Utflug. Un as dat 's ovends no Huus hen güng, do froog de Schoolmestersche, of wi all dor weern … ja … un een sä: Ick nich! … un denn wurd lacht, un loos güng 't. Na teihn Minuten güng de Mestersche nochmol dör den Bus un do fullt ehr up:

Magda is ja gar nich dor. »Och Magda«, säen wi all. Also mussen wi kehrt moken, un dor stund Magda up den Parkplatz, harr al Rotz un Water blarrt. »Och Magda.«

Dat weer overs ook een Krüüz mit Magda. De kunnst du ook glatt översehn. Alleen al dat Tüüg, wat se anharr. Jümmers so'n eenfachen Rock, blaßbrune Strümp, unupfällig ooltmoodsche Schoh, de Hoor weern so undefinierboor middelblond, een Frisur harr se nich, se harr eenfach so Hoor up'n Kopp, nich kort, nich lang, nich schön, overs ook nich unansehnlich.

Wat an Magda upfull, dat weer de lütte Huutfetzen an ehr Boberlipp. Sowat gifft dat ja, Minschen, de jümmers so 'n Huutfetzen an de Boberlipp hefft. Dat süht nich schön ut, so 'n Huutfetzen. Hefft wi ehr ook 'n poormol seggt. »Riet doch mol den Huutfetzen af.« Dat wull se overs nich. Se meen, dat dee weh. Deit't ja ook, wenn man dor so batz an rieten deit. Wi overs jümmers quäält: »Och Magda, nu riet den Fetzen af.« Un dat hett se denn ook doon: »Prima Magda.« Doch no dree Doog weer de Huutfetzen wedder dor. »Och Magda.«

Dat is nu al meist twintig Johr her. Doch as annerletzt us ole Sportvereen sien 25. Jübiläum fiern dee, dor heff ick ehr weddersehn – up den festlichen Ball. Magda. Nee, kien Huutfetzen, nich blots Hoor up'n Kopp, de harr se sick farvt, root, tja, un denn so eisch noch boben hoochkämmt. »Dunnerslag, Magda.« Un 'n Keerl harr se ook. Ja, Magda weer verheiroot, twee Kinner. Nu kümmst du. Ick heff den Ovend woll teihnmol mit Magda danzt. »Ja, Magda. Un wo hest du dien Mann kennenlehrt?« Dat wull ick ja geern weten. Wohrschienlich dör de Zeitung, dach ick. *Von Herz zu Herz* oder so. »Och Magda, nu vertell mi dat doch.« Dat wull se overs nich. Lever nochmol danzen. Un ick denn wedder: »Nu vertell mi dat doch, loos Magda.« Un toletzt sä se: »Wenn du dat för Gewalt weten wullt: in Hamborg.« »Kiek an, Magda, in Hamborg. Café Keese, wat? Bal paradox. Hahaha.« »Nee, bi Carl Hagenbeck – vör'n Openkäfig!«

I can't get no satisfaction

I can't get no satisfaction – dat Leed keem Anfang de 60er Johren up, un as ick dat mit mien Frünnen to'n eerstenmol höörn dee, dor weern wi foors ganz weg. Da-da-dada... Dat wull us nich ut'n Kopp. Wi weern do just konfirmeert un menen, nu muß dat Leven loosgohn, nu wulln wi rechte Keerls warrn. Un do keem dit Leed up – von de Rolling Stones. Disse Noom alleen al. Dat weer ja een Signol för sick. Rolling Stones, dat wussen wi, wat dat heten dee, man mit satisfaction, dor kunnen wi nix mit anfangen. In'e School harrn wi ja al siet 'n poor Jahr engelsch, overs satisfaction, dat Woort weer noch nich dranween.

Nu harr ick ja so'n lütt Wöörbook »Englisch-Deutsch« un dor stund: Genugtuung, Zufriedenheit, Sühne. Wat schull dat denn nu ween? Dat paß doch överhaupt nich up dat Leed.

Egool!

Hauptsook weer ja dit Geföhl, wat över us keem, wenn disse Rolling Stones rutschreen deen: I can't get no...

Ick heff mi denn ja von mien Taschengeld disse Platte kofft. Fief Mark! Dat weer veel Geld Anfang de 60er Johren. Muß overs ween. Un denn tohuus jümmers wedder de Schiev afspelen loten. 10, vielleicht 20 mol up'n Dag.

Männigmol kemen de Öllern in mien Zimmer rin un menen: »Nich so luut!«

Gegen dat Leed harrn se nix, denn se wussen ook nich, glööv ick, wat satisfaction is.

Un wat schall ick seggen, mi geiht dat vondogen noch meist so as domols. Wenn dör'n Tofall up een Party oder so disse Schiev upleggt ward, denn ward mi jümmers ganz anners in'n Buuk. Denn koomt all so Biller in mi hooch von mien Jungkeerlstiet, as ick so 15, 16 Jahr oolt weer. As ick menen dee, ick muß nu ook mol een Deern hebben, un de, up de ick een Oog smeten harr, de hett mi nich mol ankeken, un denn weer de ganze Ovend in'n Mors un ick weer an leevsten ut de Disco wedder rutlopen, se harr ja 'n annern, un dorbi harr ick mi just för den Ovend de Hoor so fein trechtmookt, 'n Fründ, de harr do al een egen Fön, un de hett mi denn mien beten Hoor so recht uppluustert, dat schull ja no mehr utsehn, de Öllern wullen dat ja nich lieden mit de langen Hoor, un dor keem dat ja just up an, hett overs doch nix hulpen, mien Deern keek mi nich an, annerseen hett ehr no Huus brocht, un ick bleev alleen mit mien Colaglas, un do fung ick an to begriepen, wat dat heten deit:

I can't get no satisfaction.

Ick heff de Schallplat jümmers noch, de Single von domols, de fief Mark kost hett. Un overlangs, wenn mi so is, un wenn ick alleen tohuus bün, denn legg ick de Schiev nochmol up un dreih dat Radio ganz luut un denn schree ick mit:

I CAN'T GET NO SATISFACTION.

Kurzzeitgedächtnis

Dat is ja so in't Leven: wi leevt all dorvon, dat wi fröher al leevt hefft. Also güstern, ehrgüstern, vör teihn Jahr. Wi köönt us up dat besinnen, wat ween is, fröher mol, un dat is schöön un goot so. Dor vertellt wi denn so geern von.

Nu gifft dat overs Lü, de köönt dat nich. De hefft kien recht Besinnen up dat, wat mol ween is, sünnerlich nich up dat, wat just even passeert is: Kurzzeitgedächtnis. Dat is denn weg, dat Kurzzeitgedächtnis. Socke Lü leggt denn t. B. ehr Brill jichenswo hen – un weg is se, de Brill. Köönt sick partout dor nich up besinnen, wo de Brill bleven is. De hefft denn meist twee-dree Reservebrillen – doch wenn't up ankümmt, denn weet se ook nich, wo de sünd. Dat is'n Stroof, sowat.

Een Fründ von mi geiht dat jümmers so mit sien Beer. De mag so geern Beer ut'n Buddel drinken. Dat hett he sick so anwähnt, wiel he fröher in't Weertshuus jümmers an de eenarmigen Banditen speelt hett – un dorbi harr he jümmers den Beerbuddel in de

Hand. Dat fund he so praktisch: Links supen un rechts spelen. Nu is sien Kurzzeitgedächtnis weg – un he weet foken nich, wo he den Buddel henstellt hett, wenn he to'n Bispill mol an't Telephon geiht oder an de Döör. Meist find he den Buddel denn eerst den annern Dag wedder – boben up't Buffet, up de Finsterbank un wat weet ick wo anners noch. Dat Beer is natürlich lang school un smeckt baahh. For em is dat overs gar nich so slecht, seggt sien Fro, anners weer he lang to'n Beersüper wurrn.

Slimmer noch is dat mit mien Fründ Kuddel. De mag so geern Witzen vertellen. Overs, wenn du mol wat nofroogst oder al twüschendör lachen deist, denn is Kuddel rut. Doch dat markt he nich – Kurzzeitgedächtnis – un vertellt eenfach wieder un denn paßt de Pointe nich mehr to den Witz un nüms lacht, blots he. Trurig, ganz trurig.

Güstern heff ick Kuddel in een Koophuus dropen. He wull sick een neje Jack kopen. 150 Mark schull de kosten, he harr overs blots 50. Heff ick em hunnert lehnt. Een is ja kien Unminsch. Hüüt morgen wies he mi stolt de Jack. »Prima«, sä ick, »steiht di goot.« »Ja«, sä he, »un de hett blots 50 Mark kost.«

Ick pack ut

Dor ward ja upstunns veel över de Verpackeree snackt, un vör all ja över den Müllbarg, de von all dat Papier, dat Glas un dat Plastik achterblifft. Stimmt. Sünnerlich to de Festdoog, wenn de Geschenken utpackt ward. Letzten Wiehnachten heff ick extra uppaßt. Dor bün ick noch an 'n Hilligen Ovend no de Mülltunnen lopen un heff allens rinstoppt. As de Novers den annern Morgen ehrn Schiet looswarrn wullen: Nix! All Tunnen weern vull. Pech. Ick heff mi een höögt. Doch överhaupt nich högen kann ick över dat, wat ick so Dag för Dag mit de Verpackereen von männig Soken beleven do.

Denk blots mol an de Joghurt-Beker. Dat mag ja an mi liggen, overs ick schaff dat eenfach nich, den Dekkel so aftotrecken, dat de nich inrieten deit. Ook wenn ick noch so vörsichtig bün un em ganz suutje hochtrecken do – ratsch, up halven Weg ritt he in. Un denn finger ick mit den Löpel eerstigmol den Joghurt ünner den Deckel weg un denn – ratsch – ritt wedder een Stück af – kort – dat is jümmers een Kleiheree.

Noch slimmer is dat ja mit de Fischdösen. Ick eet sowat geern mol. So inleggte Heringe in Tomatensauce. Un bi de Fischdösen hefft sick de Fabrikanten ja wat ganz Klooks infallen loten. De Deckel is ja so instanzt, un vörn is so een lütten Ring an. Dor schaßt du an trecken und denn schall de Deckel so langs de Stanzlinie, will ick mol seggen, also ganz licht opengohn. Hah! Knapp hest du den Finger in de Lasche doon un so 'n beten dor an trocken, denn kümmt al de Tomatensauce rut, löppt up den Deckel un di an den Laschenfinger. Mookt nix. Wiedertrecken. Nu geiht 't eerstigmool ganz eenfach, bit dat du kort vör 't Enn büst, denn krümmt sick de Deckel so no achtern, steiht up Spannung un will ook nich mehr afgohn, un nu fangst du an to rieten un denn – swupps – is he af – un de Tomatensauce kleevt an de Tapete oder bi di up't Hemd. Goden Aptiet.

Noch gräsiger overs sünd disse lütte Melkpotten, disse Sahneportionen för 'n Koffie. De mookt se in de Molkereen ook jümmers randvull. Un of du wullt oder nich, meist mookt dat – biihhh – een fienen Strohl sprütt rut, kuum dat du de Folie aftrecken deihst.

Dat is mi mol passeert, as ick mi up een nejen Posten bewurben heff. De Personalchef to mi: »Eine Tasse Kaffee?«

Ick: »Gerne. Mit Milch.«

Un do lang he mi so'n Portion röver, un ick in mien Upgereegtheit riet de Folie so batz weg un blubb: een dicken Melkdruppen up mien Abiturzeugnis, dat he vör sick liggen harr.

»Tja, Herr Spiekermann, Sie hören dann von uns.«

Bi 't neegst Mol heff ick uppaßt. Ook dor keem mi de Personalchef mit sien Tass Koffie. Un he lang mi ook al de Melkportionen röver. Doch ick: »Danke, nur schwarz.«

Un wat schall ick jo seggen: ick heff den Posten kregen.

Schohinkopen mit de Göörn

Annerletzt wull ick, nee, muß ick mit mien dree Deerns neje Schoh kopen. Dat is ja al een Ünnernehmen för sick. De gröttste will jümmers Lackschoh hebben, swart. De hett se twee Doog an – denn kannst se all in de Eck smieten. Schietig – un de Lack is af. »Nix! Söök di annerswecke ut.« De twede will wecke mit 'n Ernie-un-Bert-Schild. – Goot, dor kann ick mi up inloten. Also, eerstmol mit ehr up den Schohanpasser. De drüdde, de lütte, rüümt wieldes de Regolen ut. »Loot dat!« schree ick. Se lacht – un rüümt wieder ut.

De twede hett Grödde 26. Ran an dat 26er Regool – natürlich, natüürlich, de Ernie-un-Bert-Schoh sünd utverkofft.

»Ick will overs Ernie-un-Bert-Schoh so as Desirée.« Desirée, dat is de Noversdeern. Kriggt allens wat se hebben will. Gräsig. Gräsig för mi, denn dat weet miene Göörn ook un hoolt mi dat jümmers vör. »Desirée kriggt ook ...« Desirée, de verbeed ick noch dat Huus.

De Verköperin mööt her. »Tja, Ernie-un-Bert-Schoh, doch, in 26, mööt ick even kieken, Momang.«

Se geiht weg, ick goh to de Lüdde. De hett nu de Winterstevelns to foten, Grödde 44/45. Rumms, rut dormit ut dat Regool, rumms, den neegsten, au!, de is ehr up 'n Foot fullen un is so swoor. »Ja, sülvst Schuld, dumme Deern. Wat hest du ook de sworen Steveln ... nee, dat sünd doch ook Lackschoh, blots witt.« Nu is de Grode wedder dor. »Nee, Lackschoh, dat kümmt nich in Froog. Denk an letzt Mol. Dor büst du 'n halve Stünn buten ween mit de Schoh, dor weer al de Remen afreten. Nix. Nich nochmol!« Ah, dor sünd ja de Ernie-un-Bert-Schoh, Grödde 26. Nu man gau rin in de Galoschen. »Wat? 49,90 DM?« Ick denk, ick bün hier in so 'n Oorts Schohsupermarkt. Un denn disse Priese? Un wat is dat? De Schoh kniept? Sünd doch 26? Hier ünnen steiht dat doch. Nu nochmol an die Verköperin ran.

»Tja, de fallt all verschieden ut.« »Wat heet dat? 26 is doch 26, un de hier sünd doch höchsten 24.« »Tja, de fallt ...« »Ja, ick weet, de fallt all verschieden ut. Un bi mi fallt ook glieks wat ut. Weg mit de Lackschoh.« »Och Gerd, eenmaal noch ...« Oh, de Lüdde, nu is se bi de Huusschoh anlangt. »Haben! Haben!« »Un wat is mit miene Ernie-un-Bert? Desirée hett ook socke!« »Och, mien Deern, kiek mal hier düsse, de sünd doch veel mooier, un de sülvigen as Desirée, dat is doch langwielig. Hier, düsse, mit Samson.« »Ja.« »Ja, dat gefallt di. Probeer an.« Nu wedder de Grode: »Och Gerd, disse Lackschoh...«

Gott, de Lüdde, mit de Huusschoh. »Ja, koom her, probeert wi an. Kiek mol, sogor mit Lammfell, dat sünd doch feine Huusschoh. Ja, kannst du glieks anbeholen, ick drääg di denn to 't Auto. Samson-Schoh paßt!« Herrlich. Wat? 59,90 DM? Haahhh.

Also goot. »Un du?« »Gerd, de Lackschoh...« »Nix. Allens inpacken un denn weg.« »Gerd, de Lackschoh...« »Hhhmm. Mientwegen, ick mööt se ja nich drägen. Blots betohlen.«

Ja, Schohinkopen mit de Göörn, dat is dat schöönste up de Welt.

As de Neger keem

As de Neger keem weer dat eerst so as de annern Doog ook blots dat dor nu upmol 'n Neger weer un dordör wurd dat swarter dat lett sick denken noch even weern wi fief oder söß Witte un nu upmol een Swarten dorbi so weer dat as de Neger keem he wull sitten gohn man all Stöhl weern besett 't un wi wullen nich upstohn schullen wi dat ick wuß nich so recht denn seet he un ick stund un dat weer doch Dummtüüg un ick weer ook woll oller as de Neger ick sä dat to mien Nover wecke Neger froog de mi un ick much ja nich eenfach up den Neger wiesen un seggen de Neger dor as de Neger dor so stund un keek ja wo keek he hen liekut un mien Nover sä nix mehr un denn wies he up den Neger nich antokieken weer dat de witte Finger de up den swarten Keerl dor wiest un de Neger seeg dat noch nich mol un keek liekut un denn sä mien Nover de Neger dor de is oller as du is de nich sä ick is de nick denn mööt ick ja ick bün seker de is jünger dat meen ick bi Negers is dat Öller nich so goot to kennen de seht licht öller ut dör de swarte

Huut man öller as ick büst du mall nee dat gifft dat doch nich dat weer ja woll een Tofall sowat wat heet hier Tofall wat hett mit den Neger to doon ja dat weer woll wohr man schull ick nu upstohn nee wenn he so oolt is as ick denn kann he stohnblieven man amenn hett he wat man kann ook ween he hett nix rein nix süht ook prima ut un worum schall ick upstohn ja för den Neger dor för den Neger dor de kann doch stohnblieven ick seh bloot jung ut bün dat al lang nich mehr un amenn will he ook ja gor nich sitten gohn hest du em froogt nee un de Neger stund ümmer noch dor un keek fief söß Witte an een Neger in een Ruum mit fief söß Witte wi keken nu up wi Witten koom nöger Neger sä mien Nober vertell us wo oolt du büst dat wi weet of wi upstohn mööt dörtig sä he un ick sä oh verlichtert un sä kiek wat ick sä he is jünger ick bün dreeundörtig un de Neger is dörtig kien Probleem he muß stohn un kunn sitten koom nöger Neger vertell us wat wat schall ick vertellen froog de Neger vertell von dien Öllern och mien Öllern dor giff't nix von to vertellen de weern all swart so as ick ook dat is doch langwielig is ook wohr sä anners een un bleev ook sitten un de Neger stund ümmer noch un denn sä de anner wi weet nich of wi upstohn schöölt ick weet nich of ick upstohn schall he gegen mi weet nich of he upstohn schall un de sien Nover weet dat ook nich un de denn kummt ook nich un de dor achter den sitt weet dat nich un wat seggst du as Neger dor to – blievt man sitten sä de Neger un wi keken us an un säen nix un ick dach bi mi so'n drieste Antwoort un mien Nover dach dat ook un de gegen em ook un de dor achter un de denn kummt de dach dat ook so wat Driests will de eenfach nich dat wi upstoht harr he man seggt upstohn witte Keerl allens weer klor ween Schietneger harr ick seggt un de annern ook man so dat weer ja een veniensche Oort typisch Negeroort listig de Hunnen willt een överdüweln so von achtern stellt sick dor hen un seggt nee ji mööt nich upstohn so een Hund von Neger dat is doch nich to gloven och loot ick will mi dor nich över upregen loot em den Neger wat kann he dor for dat he swart is ja al een Stroof för sick dat he so rumlopen mööt loot em dor man stohn schall em woll bold över weern och wat weer dat schöön hier ehrder as de Neger keem

Sterberate

Wenn Du no lange Tiet mol wedder tohuus büst, dat kennt ji ook, denn ward sick 's ovends hensett un ward snackt, 'n paar Novers sünd dor un 'n poor Frünnen, dor ward wat drunken, klor. Kort: dat geiht lustig to, un denn froogt upmol een so in de schöne Stimmung rin:

Weeßt du egentlich, wer dootbleven is?

Dat roodst du nich!

Tja, dat is ja dat Thema överhaupt.

Meist ward overs ja 'n lütt beten anners froogt:

Weeßt du, wer dootbleven is, nee, weeßt du, wer *ook* dootbleven is?

Dor sünd ja in de Johren soveel Lüüd dootbleven, un nu is de, den du roden schaßt, de is ook dootbleven.

Dit OOK kummt an anner Steen natüürlich ook vor:

De un de hefft nu ook heiroot.

De hefft ook wat Lütts kregen.

De hett nu ook pleite mookt.

De is ook von sien Fro weg.

De is ook mit 'n Auto mallört, un vör all:

DE IS OOK DOOTBLEVEN.

Un nu geiht dat mit dat Roden loos.

Meist, so is dat bi us, warst du an den Doden ranhulpen.

De hett fröher mol in us Dörp wohnt, is over denn na Ollnborg trocken.

Worum?

Ja, so genau weet ick dat ook nich mehr. De Öllern kemen von Schwei, nee, von Kötermoor un weern Buurn.

De ene Deern is al fröh no Bremen gohn – wegen ehrn Keerl, is ja klor.

Un de Ool hett ene Tiet so sopen.

Tja, wer hett dat nich?

Ick rood denn meistiets eenfach so drupdool:

Karl Martens.

Karl Martens! Segg mol, de kummt doch nich ut Kötermoor, un de Ool, ick wuß nich dat de sopen harr.

Hooh, dat segg nich. Ool Martens, de weer een van de Stillen, de harr jümmers den Köömbuddel gegen sien Bett stohn.

So? Hest du dat sülvst sehn?

Nee, hett sien Fro mi vertellt.

Berta! Wat de so vertell, kunnst doch nix up an. De weer doch toletzt gar nich mehr ganz reken in'n Kopp.

Nu hool over up!
Doch, hett de Ool mi sülvst vertellt.
Ja, wenn he duun weer.
Un wat is nu mit Karl Martens?
Ja, is de denn nich in Delmenhorst landt, domols, no sien Meisterprüfung ...
Meisterprüfung? De is doch döörfullen, de Jung.
Nee! Doch! Nee! Doch! Nee, segg ick. De hett nochmol wedderhoolt – un hett't schafft. Sogor mit twee. Un nu is he Abteilungsleiter oder sowat in Westerstee, bi so'n Holtfirma: So.
Dat heet de leevt noch.
Un mien Tant:
Ja, Gerd, un ick heff ja söven Johr een open Been hadd.
Och ...
Noch 'n Sluck?
Nee.
Martens leevt un wer is doot, Gerd?
Tja, von Kötermoor na Ollnborg, dat is ja ook sowat. Doch, tööv, wo heet he man noch, de jümmers so achter de Deerns an weer un de em overs denn nich hebben wullen ...
... nee, du meenst em ... wo heet he man noch ...
... de so'n gelen Volkswogen harr ...
Gerd, ick heff söven Johr een open Been hadd.
Och ...
Noch 'n Sluck?
Nee.

... Peter ... Peter Winter, nee ... Sommer. Kummt seker von Rollnmoor, dor wohnt all de Sommers.

Nee, von Kötermoor.

Sommer in Kötermoor, nich dat ick wuß.

Nee, is doch ook von ehre Siet.

Wat heet ehre Siet?

Na ja, Peter, wenn ick dat recht weet, de weer doch nich von em ... un fröher

... och so ... darum ...

Overs Peter leevt noch. Heff ick vör twee Weken noch mit snackt.

Vör twee Weken, vör twee Weken! Ick heff mit Hinnerk Schulten noch enen Dag vör sien Doot snackt. Nachts Slag kregen, aus! Dat keem von sien fette Eten, de hett di wat an Speck wegneiht. Jungedi. Un jümmers mit Swartbroot.

Wat heet dat? Swartbroot is doch gesund?

Ja, overs nich mit Speck.

Gerd, ick heff söven Johr een open Been hadd.

Och ...

Noch 'n Sluck?

Nee.

Nu weet ick't.

Na ...

Kurt Hoffmeister is doot ...

Ja, is he, doch al siet twee Johr. De harr doch dissen gräsigen Unfall in Meiershoff ...

Du meenst woll in Elsfleth, dor, wo't no Lienen af geiht ...

Nee, dat weer doch ...
Dat weer Kurt Hoffmeister. Hunnertdusend Mark Schulden hett de achterloten, anners nix.
Ick denk, de weer ...
Anners nix.
Gerd, ick heff söven Johr een open Been hadd.
Och ...
Noch 'n Sluck?
Nee.
Nu overs ran, Gerd. Eenmol dröffst du noch.
Ick weet: Paul Timmermann.
Richtig. Dat hett di wen seggt.
Worum?
Ja, dat kann een so nich roden.
Is de nu doot oder nich?
Ja, mausedoot sogor. Morgen ward he begroven. Dat mookt overs kien Spooß, dien Roden.
Un wat hett de hadd?
Tja, ick gloov, de harr so Rheumatismus ...
Quatsch, de harr jümmers so'n Rieten in de Gelenke.
Gerd, ick heff söven Johr een open Been hadd.
Och ...
Wullt noch 'n Sluck.
Ja.

Tant Frieda

Övermorgen hett mien Tant Geburtsdag, Tant Frieda, ward 80. Is ja ook al wat, 80. Hett se sülvst nich gloovt, dat se so oolt warrn kunn, dat hett se sülvst nich gloovt. »Kümmt nich allens so as een sick dat wünschen deit«, heff ick ehr seggt. Se kriggt ja ook kien egen Rente. Se mööt von Unkel Karl sien mitleven. Nu ward se 80. Ick weet nich, of ick dor överhaupt hengoh.

»Wat, dor wullt du nich hengohn, wenn dien Tant 80 ward, is doch nich to gloven sowat, unerhört!«

Klor, 80, dat is een runde Tohl, weet ick ook un doch – so een Tant as Tant Frieda gifft dat in jede Familie – oder Unkel Hemmann, heff ick ook al beleevt, dat Tant Frieda upmol Unkel Hemmann heet. Meist overs Tant Frieda. As Kind harr ick ehr ja foken dörsteken kunnt. An 'n leevsten mit de Kokengovel. Dat geiht overs nich so licht, so 'n Govel is to stump un bi 't Kokeneten un Koffiedrinken is ja meist kien Mest dorbi. Dorum passeert dor ja ook so wenig. Bi 't Koffiedrinken is ganz selten een umbrocht wurrn. De meisten goht bi 't Ovendbroot övern Deister. Echt wohr. Wegen de scharpen Mesten.

Tja, Tant Frieda, de harr ick geern umbrocht, is overs ja nix ut worrn, se ward ja nu al 80. Overs, disse Tant Frieda, de hett mi foken so nervt, dat fung ja al an, wenn wi kemen:

»Gerd, kiek mol dien Fingernägels an! Swart! Gerd, dien Hoor sünd veel to lang, dat süht ja verboden ut!« De Fingernägels, de kunn ick ehr vergeven, nich overs de langen Hoor. Ick weer ja domols so 14–15 Johr oolt, un dor keem dat ja just up de langen Hoor an, un ick harr just noch ene Week rutschunnen bi de Öllern, also den Barbier noch um ene Week verschoven – dat gung ja fröher männigmool um Doog – un dor kümmt so'n blöde Tant Frieda her un seggt: »Dat süht ja verboden ut!«

Dörsteken mit de Kokengovel ...

Overs de Koken bi Tant Frieda sünd ja jümmers eerste Klasse! Oha. Frankfurter Kranz gifft dat bi ehr jümmers, mit veel fette Creme, dunklen Biscuitdeeg un Marmelade, un denn so in Schichten – herrlich – un achterher Pottkoken, ganz möör mit Rosinen, oh Mann, wat kunn de Koken backen, kann se noch, ward ja 80 övermorgen. Overs dat gröttste is ja dat Ovendbroot. Swartbroot, Lebberwust mit Semp un denn ingeleggte Gurken. Söötsuur, ehr egen Rezept, un dat Glas kümmt eenfach so up 'n Disch un denn kannst du dor man so mit dien Govel rinsteken un di bedeenen – herrlich,

Tant Frieda ehr Gurken, sünnerlich de lüttjen piekeligen.

Unkel Karl hett ja nix to seggen. Nix. Mööt he neje Ünnerbüxen hebben – Tant Frieda kofft de. Neje Schoh – Tant Frieda söcht de ut. Un Urlaub jümmers up Langeoog – siet 42 Jahr al. Tant Frieda will dat so. Dat is schön up Langeoog – doch 42 Jahr – ick weet nich.

Un Unkel Karl mööt ja ook jümmers warmen Kööm drinken. Tja, den Buddel verwohrt Tant Frieda in 't Kökenschapp, seker, de hefft ook een Köhlschrank, un Tant Frieda weet ook, dat de Kööm veel beter smeckt, wenn de koolt is, doch se will nich, dat Unkel Karl dat Supen anfangt – dorum is de Kööm warm. Hefft ji al mol handwarmen Kööm drunken – bääh. Dor warst du kien Süper bi. Overs de Gurken, de lüttjen piekeligen. Herrlich. De plant ja in ehrn Goorn anners nix an as Gurken. Kantüffeln mööt se tokopen. Allens vull Gurken. Un wat de 'n Glöös hefft, Weckglöös un Rillenglöös – allens för de Gurken, de lüttjen piekeligen – un Aziagurken. Ook lecker.

Doch Unkel Karl mööt warmen Kööm drinken. Overs dat vergifft he ehr, wenn he de Gurkenglöös süht. Den ganzen Keller vull. Un von de Gurken, sünnerlich de lüttjen piekeligen, dor kann he nich von loten. Dorum is he ook bi ehr bleven. Tja, he wull sick al mol von ehr scheden loden – wegen den warmen Kööm, doch denn harr he ja ook kien Gurken mehr kregen, do is he bi ehr bleven.

»Gurken hefft mien Ehe rett!«, hett he up de sülvern Hochtiet seggt.

De Inmokeree, dat is ja jümmers de Hochtiet bi Tant Frieda und Unkel Karl. Mien Unkel mööt sick jümmers um de Weckringe kümmern. Oha. He mööt ja ook jümmers de Glöös openmoken. Wo foken güng dat al scheef. Dor mookt ji jo kien Vörstellung von. De Weckringe ward ja twee- dreemol nohmen. Nich: ex un hopp. Blots, wenn de twee- dreemol kookt sünd, inweckt, denn ward de möör, un dat Glas geiht nich mehr so licht opentomoken. Dat is een Drama, segg ick jo. Also, stellt jo vör: de Disch is deckt, de Lebberwust, dat Swartbroot un dat Beer steiht up 'n Disch. Fehlt blots noch de Gurken. Dat Glas steiht ook al up 'n Disch un Unkel Karl mööt dat openrieten. Foken geiht dat licht, pssst, de Freteree kann loosgohn. Männigmol overs will de Ring nich. Is to week, un denn mööt Unkel Karl vörsichtig ween, un denn mookt he jümmers so 'n mall Gesicht, denn treckt he de Lipp so no boben un probeert mol up de ene, mol up de anner Siet, doch dat will un will nich glücken. Un denn, ratsch, is de Lasche, de Grieper, afreten. Un denn gifft dat Schellens von Tant Frieda: »Paß doch up, du ruge Esau, mit dien groden Hannen. Schußt nich soveel Kööm drinken.« Tja, wo koomt wi nu an de Gurken ran? Een Kökenmest ward hoolt, un den geiht de Puleree loos. Mit dat stumpe Mest dör de Rill von dat Weckglas. Upmol mookt dat so komisch knack un knirsch, un denn springt dat eerste Glas af. »Du Mors!« röppt Tant Frieda denn.

Gummiring afreten un ook noch dat Glas twei, dat is wat för ehr. Doch Tant Frieda weer ja nich Tant Frieda, wenn se nich een Utweg wuss. Dat Glas ward nu in een Pott mit Woter stellt un de kümmt up 't Füür, un wenn de Gurken denn, weet ick nich so genau, also, bi lütten anfangt to koken, denn geiht de Deckel von sülvst af. Un disse warmen Gurken, de koomt denn up den Disch. Warmen Kööm, dat is ja al een Stroof, doch warme Gurken mit Swartbroot, Lebberwust, Semp un Beer, dat smeckt apart, segg ick jo.

As ick al sä, de ganze Goorn is een Gurkenfeld. Wenn de denn riep ward, denn stoht de beiden mit stieve Been up ehrn Acker un pluckt Gurken. All poor Meter steiht 'n Emmer. In den gelen koomt de groden, de al 'n beten to riep wurrn sünd, in den grönen de lütten piekeligen. Hmmh. Wenn de Gurkentiet is, denn is dat beter, du besöchst de beiden nich. Heff ick mol mookt. Stund achtern Huus un kunn de beiden eerst gor nich finnen. Bit ick denn veer stieve Been un twee Achterdele in 'n Goorn seeg. »Hallo, ji beiden!« heff ick ropen. Un do duken twee hoochrode Köppe ut dat Loof up, Bomben, de meist platzen wullen. Tant Frieda natüürlich vergrellt, dat ick stören dee, Unkel Karl natüürlich tofreden, dat ick stören dee. Ick muß rein lachen, as ick de blootroden Gesichter seeg. Doch Tant Frieda is ja ook een Filou. »Hier, den Emmer, den kannst du ook mol vull plucken. Nich blots jümmers freten, schaßt ook mol wat doon.« Tja, nu muß ick also mit ran. Un do heff ick eerstmol markt, dat de lütten piekeligen Gurken, dat de wohrhaftig piekeln köönt. Wenn se week kookt sünd, markt een dat ja nich. Doch wenn de Gurkenlüüd so mit den Kopp an de Grund sünd, denn kriggt een ja noch mehr to sehn. T. B. heff ick nich wußt, dat de wecken Froonslü Weckringe ook as Strumphalters nehmen doot. Tja, Tant Frieda harr an 't rechte Been een blauen, un links een roden Ring. As se sick mol ganz deep bucken muß, wieldat dor noch een so 'n ganz lütte Gurke seet, de ook nich umkomen schull, heff ick dat genau sehn.

Naja, Kinner harrn de nich.

Unkel Karl harr ja ook een Överbeen. Dat is so 'n lütten Huckel up de Hand. Kann een ook annerswo hebben. Överbeen. Süht komisch ut, so 'n Överbeen. Ick much em nie richtig de Hand geven, heff meent, ick kreeg dat denn ook, so 'n Överbeen.

Mien Vadder hett een poormol to em seggt: »Karl, goh dormit in 't Krankenhuus, dor war dat *zertrümmert*.«

Zertrümmert. Unkel Karl is den ganz bleek worrn. De hett dat sülvige meent as ick: De Dokter leggt de Hand up so 'n Oorts Amboß un haut dor denn so lang mit 'n Homer up, bit de Huckel weg is. Zertrümmert. He weer natüürlich veel to feige, un dat Överbeen hett he vondogen noch, un wenn ick em seh, denn segg ick blots:

»Moin, Unkel Karl, wat mookt de Kööm?« Un

denn treckt he een Gesicht ... un denn bruuk ick em nich de Hand to geven.

 Tja, un övermorgen hett Tant Frieda Geburtsdag. Goh ick nu hen oder nich? Un wat schenk ick ehr? Klor, een Bloom, dor kannst du nix mit verkehrt moken. Dat gifft ja een typische Geburtsdagsbloom, dat is de Anturie. Dat is de mit den Wurm. Gräsig. Nee, sowat kriggt se nich von mi. Ick schenk ehr een Zimmerhopfen. De verluust gau. Un wenn se nich uppaßt, denn is ruckzuck de halve Blomenbank verluust. Denn dröff se ruhig to mi seggen, de Boort weer ehr to lang un de Jack harr ick bi ehrn 69. Geburtsdag ook al anhadd. Schall se ruhig seggen. 's Ovends gifft dat wedder Swartbroot mit Lebberwust un Semp – un Gurken, sööt-suur ut 'n Glas, de lütten piekeligen – övermorgen, klor: ick goh wedder hen.

Gerd Spiekermann

schreibt das Plattdeutsche unserer
heutigen Zeit – frech, witzig
und absolut treffend!

Nich mit mi!
26 Alltagsgeschichten

Goh mi af!
32 Geschichten über die kleinen und großen
Konflikte im menschlichen Miteinander

Kattenschiet
47 Banalitäten aus dem Alltagsleben

Alltägliches vortrefflich in Szene gesetzt,
das zeichnet die plattdeutschen Geschichten
Gerd Spiekermanns in all seinen Büchern aus.
Er erzählt lebensnah und
verblüffend ehrlich und hält seinen
Lesern dabei oft einen Spiegel vor!

Erschienen im
Quickborn-Verlag

Das Standardwerk
zur beliebten Sendereihe
des NDR

Dat groote Hör mal'n beten to Book

Insgesamt 26 Autorinnen und Autoren haben im Laufe der Jahre in rund 11000 plattdeutschen Radiotexten Ereignisse des täglichen Lebens geschildert, Zeittypisches und gelegentlich Zeitgeschehen festgehalten oder einfach Anekdoten erzählt. »Dat groote Hör mal'n beten to Book« ist ein Buch zum Schmunzeln und Schmökern und mit nahezu 70 plattdeutschen Geschichten eine Fundgrube für Hörer und Leser!

Erschienen im
Quickborn-Verlag

Ein Standardwerk
der zeitgenössischen
plattdeutschen Literatur

Dat groote plattdüütsche Leesbook

Herausgegeben von
Hartmut Cyriacks
und
Peter Nissen

Plattdeutsche Literatur in ihrer
vielfältigsten Form.
Eine umfassende Sammlung von
Geschichten, Erzählungen und
Gedichten der namhaftesten
Autorinnen und Autoren
spiegeln die Bandbreite der
zeitgenössischen plattdeutschen
Literatur wider.

Erschienen im
Quickborn-Verlag

Hartmut Cyriacks / Peter Nissen
Sprachführer Plattdüütsch
Sie wollen Plattdeutsch lernen?
Dieses Buch bringt in Textbeispielen und
Übungen unterhaltsam die Sprache näher.

Hartmut Cyriacks / Peter Nissen
2000 Wörter Plattdüütsch
2000 Wörter in platt- und hochdeutscher
Übersetzung – eine ideale Hilfe für den
Umgang mit der plattdeutschen Sprache.

Hartmut Cyriacks / Peter Nissen
Sprichwörter Plattdüütsch
Über 500 plattdeutsche Sprichwörter
mit hochdeutschen Übersetzungen und
situativen Einordnungen für die Benutzung.

Erschienen im
Quickborn-Verlag